Alice Walker

13 **Roselily**

Liebes-geschichten

Deutsch von
Gertraude Krueger und
Helga Pfetsch

Rowohlt

*Die Originalausgabe erschien 1967
unter dem Titel «In Love and Trouble» bei
Harcourt Brace Jovanovich Publishers*

*Veröffentlicht im Rowohlt Taschenbuch Verlag
GmbH, Reinbek bei Hamburg, Februar 1996
Copyright © für die deutsche Ausgabe 1986
by Verlag Antje Kunstmann
GmbH, München
«In Love and Trouble»
Copyright © der Originalausgabe 1967, 1968,
1970, 1972, 1973 by Alice Walker
Umschlaggestaltung Nina Rothfos
Satz Sabon und Gill sans Libro, Kriftel
Druck und Bindung Clausen & Bosse, Leck
Printed in Germany
1290-ISBN 3 499 13720 8*

Für Muriel Rukeyser und Jane Cooper,
die auf das horchten, was niemals
ausgesprochen wurde,

und in liebevollem Gedenken an
Zora Hurston, Nella Larsen und
Jean Toomer:
die drei Mysterien,

und für Eileen, wo du auch bist.

Inhalt

Wonuma tröstete ihre Tochter, wenn auch mit einiger Mühe. Ahurole hatte unbewußt nach einer Gelegenheit zu weinen gesucht. Etwa ein Jahr lang war ihre Mutter schon über ihr häufiges, grundloses Schluchzen beunruhigt. Befragt, warum sie weine, schluchzte sie entweder um so heftiger oder fing mit allen auf einmal Streit an. Im übrigen war sie intelligent und pflichtbewußt. Zwischen ihren Tränenphasen war sie fröhlich, sogar ausgelassen, und mit ihren Streichen brachte sie ihre Freunde zur Weißglut . . . So intelligent sie war, konnte Ahurole gelegentlich erschreckend irrational argumentieren und sich weigern, gegenteilige Meinungen anzuhören, zumindest zeitweise. Aus all diesen Anzeichen konnten ihre Eltern leicht erraten, daß sie ungebührlich stark von *agwu,* ihrem persönlichen Geist, beeinflußt wurde. Anyika tat sein Bestes, aber natürlich konnte der Einfluß von *agwu* nicht über Nacht aufgehoben werden. Vollständig würde er sogar überhaupt nie ausgeschaltet werden können. Jeder wurde hin und wieder von seinem persönlichen Geist gelinde beeinflußt. Manche waren, wie Ahurole, mit ihren sehr lästigen Geistern besonders unglücklich dran.

Ahurole wurde mit Ekweme verlobt, als sie acht Tage alt war.

Elechi Amadi, *Die Konkubine*

. . . Die Leute haben (mit Hilfe von Konventionen) alles nach dem Leichten hin gelöst und nach des Leichten leichtester Seite; es ist aber klar, daß wir uns an das Schwere halten müssen; alles Lebendige hält sich daran, alles in der Natur wächst und wehrt sich nach seiner Art und ist ein Eigenes aus sich heraus, versucht es um jeden Preis zu sein und gegen allen Widerstand.

Rainer Maria Rilke, *Briefe an einen jungen Dichter*

Roselily

Geliebte in dem Herrn,

Sie träumt; sie schleppt sich durch die Welt: ein kleines Mädchen im weißen Kleid mit Schleier von der Mutter, die Knie hüfthoch angehoben durch eine Schüssel Treibsandsuppe. Dem Mann neben ihr paßt es nicht, hier auf der Terrasse vor ihrem Haus zu stehen und sich zum Geräusch der auf dem Highway 61 vorbeirasenden Autos trauen zu lassen.

wir sind hier versammelt

Wie Baumwolle, die gewogen werden soll. Ihre Finger, die noch bis zur letzten Minute emsig trockene Blätter und Zweige abzupfen. Sicher, das ist alles nur oberflächlich. Sie weiß, er macht Mississippi dafür verantwortlich, wie respektvoll die Männer im Hof zu ihnen aufschauen und die Frauen mit wissender Miene ausharren, während ihre Kinder von dummen Gedanken abgehalten werden durch die Lehren des falschen Gottes. Er starrt an ihnen vorbei zu den Leuten in den Autos, weiße Gesichter, die an Versprechungen jenseits einer Hochzeit auf dem Land kleben, die Nase vorn wie witternde Hunde. In seinen Augen bemächtigen sie sich der ganzen Hochzeit.

vor dem Angesicht Gottes,

Ja, ein offenes Haus. Das lieben die Schwarzen auf dem Land. Sie träumt, sie hätte noch nicht drei Kinder. Ihre Hand schließt sich um die Blumen und erstickt das Leben von drei und vier und fünf Jahren. Sofort schämt und fürchtet sie sich in ihrem Aberglauben. Sie schaut zum erstenmal den Prediger an, zwingt Demut in ihren Blick, als ob sie glaubt, daß er tatsächlich ein Mann Gottes ist. Sie kann sich Gott vorstellen als einen kleinen schwarzen Jungen, der den Priester scheu an den Rockschößen zupft.

um dieses Brautpaar zu vereinigen

Sie denkt an Stricke, Ketten, Handschellen, seine Religion. Seinen Gottesdienst. Wo sie mit verhülltem Haupt abseits sitzen muß. In Chicago. Ein Wort, das sie hört, wenn sie an Rauch denkt, weil er ihr das mit der Asche erklärt hat. So was hat es hier in Panther Burn nie gegeben. Sie sieht schwarze Flocken klebrig vom Himmel fallen und über den Köpfen der sauber gewaschenen Nachbarn vor ihrem Haus schweben. Trotzdem – Chicago heißt Respekt, eine Chance zu leben. Ihre Kinder endlich nicht mehr mit Füßen getreten. Eine Chance, ganz nach oben zu kommen. Was für eine Erleichterung, denkt sie. Was für ein Blick, was für eine Aussicht von dort oben.

durch den Bund der heiligen Ehe.

Ihr viertes Kind hat sie weggegeben zu seinem Vater. Der hatte Geld. Jedenfalls einen guten Job. Hat in Harvard studiert. Ein guter Mensch, aber schwach; gutes Englisch war ihm so wichtig, daß er nicht mit Roselily leben konnte. Unerträglich für ihn der Fernseher im Wohnzimmer, fünf Betten in drei Zimmern, keine Musik von Bach außer am Sonntag nachmittag von vier bis sechs. Und Schach überhaupt nicht. Sie macht sich immer noch Sorgen um ihren Sohn in der Familie seines Vaters. Sie fragt sich, ob er das Klima in Neuengland wohl verträgt. Ob er jemals wie sein Vater nach Mississippi kommen und die Mißstände im Lande abzustellen versuchen wird. Sie fragt sich, ob er stärker sein wird als sein Vater. Sein Vater hat ständig geheult während ihrer Schwangerschaft. War nur noch Haut und Knochen. Hatte Alpträume, kotzte und fiel aus dem Bett. Wollte sich umbringen. Später erzählte er seiner Frau, er hätte durch Freunde das richtige Baby gefunden. Mit Brief und Siegel auf die hehren Charakterzüge, die seine Persönlichkeit bestimmen würden.

Es ist nicht ihre Art, jemandem Vorwürfe zu machen. Und doch, so richtig dankbar ist sie auch nicht. Sie stellt sich Neuengland, den Norden, so ganz anders vor als alles, was sie kennt. Irgendwie kommt es ihr normal vor, daß man von dort vollkommen verändert wieder nach Hause kommt. Sie denkt an die Luft, den Rauch, die Asche. Stellt sich Aschenflocken so groß wie Hagelkörner vor: schwer und die Menschen niederdrückend. Wie, fragt sie sich, kann dieser Druck den Weg in die Adern finden und die Lachmuskeln lähmen?

Falls jemand ein Hindernis wüßte,

Aber natürlich wissen sie kein Hindernis außer dem, was sie tagtäglich mitbekommen haben. Sie denkt an den Mann, der ihr Ehemann sein wird, fühlt sich durch den steifen Ernst seines schlichten schwarzen Anzugs von ihm abgeschnitten. Seine Religion. Ein Leben in Schwarz und Weiß. In Schleiern. Das Haupt verhüllt. Es ist, als ob ihre Kinder sie schon verlassen hätten.

Nicht tot, aber auf ein Podest gehoben, Halme ohne Wurzeln. Wie, fragt sie sich, kann man neue Wurzeln machen. Das geht über ihren Horizont. Sie überlegt, was man in einem nagelneuen Leben mit Erinnerungen anfängt. Das schien leicht, bis sie darüber nachzudenken begann. «Ein Hindernis ... jemand, der ...» denkt sie und fragt sich nicht, woher dieser Gedanke kommt.

Sie denkt an ihre Mutter, die tot ist. Tot, aber immer noch ihre Mutter. Verbunden. Das ist verwirrend. An ihren Vater. Einen grauhaarigen alten Mann, der Felle von wilden Nerzen, Kaninchen und Füchsen an Sears & Roebuck verkaufte. Er steht im Hof, wie jemand, der auf einen Zug wartet. Hinter ihr stehen ihre jüngeren Schwestern, in feinen grünen Kleidern und mit Blumen in den Händen und im Haar. Sie kichern – das spürt sie – über diese absurde Hochzeit. Sie sind bereit für etwas Neues. Sie denkt, der Mann neben ihr sollte eine von ihnen heiraten. Sie fühlt sich alt. Wie unter einem Joch. Ein Arm scheint sie von hinten zu packen und zurückzuziehen. Sie denkt an Friedhöfe und den langen Schlaf von Großeltern, die mit der Erde eins werden. Sie glaubt, daß sie an Geister glaubt. An die Erde, die wiedergibt, was sie nimmt.

im heiligen Stand der Ehe,

In der Stadt. Er sieht sie in einem neuen Licht. Das weiß sie und ist dankbar dafür. Aber ist es neu genug? Sie kann nicht immer Braut und Jungfrau sein und ein weißes Kleid und einen Schleier tragen. Ihr Körper kribbelt jetzt schon, will sich von Satin und Voile, von Organdy und Maiglöckchen befreien. Erinnerungen stürmen auf sie ein. Erinnerungen an ihren nackten Körper in der Sonne. Sie fragt sich, wie es wohl sein wird. Nicht mehr arbeiten gehen müssen. Nicht in einer Näherei arbeiten. Nicht mehr lernen müssen, wie man gerade Nähte in Overalls für Arbeiter, in Jeans und Tuchhosen näht. Ihr Platz wird im Haus sein, hat er immer wieder gesagt, und ihr die Ruhe versprochen, um die sie gebetet hatte. Aber, fragt sie sich jetzt, wenn sie ausgeruht ist, was soll sie dann tun? Sie werden Kinder machen, sie denkt da ganz praktisch – ihr schöner brauner Körper, sein starker schwarzer Körper. Da kommen zwangsläufig Kinder. Sie wird alle Hände voll haben. Voll was? Babies. Das ist ihr kein Trost.

der zeige dies nun an

Sie hätte sich genauer erklären lassen sollen, was er meint. Aber sie war ungeduldig und konnte es nicht erwarten. Nicht erwarten, die Näherei hinter sich zu haben. Um dann alles tun zu müssen, für drei Kinder, ganz allein. So schnell wie möglich wollte sie von den Mädchen wegkommen, die sie von Kindheit an kennt, deren Kinder heranwachsen und deren Männer, inzwischen alt und heruntergekommen, bei ihr herumlungern. Sie hatten ihr nichts zu bieten. Die Väter ihrer Kinder fahren vorüber, winken, winken nicht. Erinnerungen an Zeiten, die ihr nichts mehr bedeuten. Sie kann es kaum erwarten, die South Side zu sehen, wo sie leben und sich einrichten und respektabel und respektiert und frei sein werden. Ihr Mann wird sie befreien. Ein romantisches Schweigen; sein Antrag; Versprechungen. Ein neues Leben! Respektabel, kultiviert, erneuert. Frei! In weißem Kleid und Schleier.

oder enthalte sich hernach

Sie weiß nicht einmal, ob sie ihn liebt. Sie liebt seine Nüchternheit. Daß er keinen Grund sieht zu singen, bloß weil er die Melodie kennt. Sie liebt seinen Stolz. Seine schwarze Haut und sein graues Auto. Sie liebt sein Verständnis für ihre *Situation*. Womöglich liebt sie die Mühe, die er sich geben wird, um das aus ihr zu machen, was er wirklich will. Seine Liebe zu ihr bringt ihr voll zu Bewußtsein, wie ungeliebt sie vorher war. Das ist nicht wenig, und doch macht es sie unsagbar traurig. Melancholisch. Sie muß blinzeln. Erinnert sich, daß sie endlich heiratet, wie andere Mädchen.

Wie andere Mädchen, Frauen? Etwas drängt hinter ihren Augen nach oben. Dieses Etwas kommt ihr vor wie eine Ratte, die, gefangen und in die Ecke getrieben, in ihrem Kopf hin und her rennt und aus ihren Augen lugt. Sie will endlich leben. Weiß aber nicht so genau, was das heißt. Fragt sich, ob sie je gelebt hat. Je leben wird. Der Prediger ist ihr widerlich. Sie will ihn mit dem Handrücken aus dem Weg, aus dem Licht schieben. Sie glaubt, er hat schon immer vor ihr gestanden und ihr den Weg versperrt.

auf immer.

Den Rest hört sie nicht. Sie spürt einen Kuß, leidenschaftlich und stürmisch, mitten im allgemeinen Trubel. Autos fahren vor und hupen. Feuerwerkskörper gehen los. Hunde kommen unter dem Haus hervor und fangen an zu jaulen und zu kläffen. Die Hand ihres Mannes schließt sich wie ein eisernes Tor. Leute gratulieren. Ihre Kinder drängen sich an sie. Voll Scheu und Abneigung, aber auch mit Hoffnung, sehen sie ihren neuen Vater an. Er steht irgendwie abseits, obwohl sich die Leute drängen, um seine freie Hand zu drücken. Er lächelt allen zu, aber seine Augen sind wie nach innen gekehrt. Er weiß, daß sie nicht verstehen, daß er kein Christ ist. Er wird sich nicht rechtfertigen. Er fühlt sich als Außenseiter, das sieht man. Für die alten Frauen war er wie einer ihrer Söhne, nur hatte er sich irgendwie von ihnen getrennt. Immer noch Sohn, der kein Sohn mehr ist. Verwandelt.

Sie denkt, wie das wohl sein wird, nachts in dem silbergrauen Auto. Wie sie durch die Dunkelheit von Mississippi brausen, und am Morgen sind sie in Chicago, Illinois. Sie denkt an Lincoln, den Präsidenten. Mehr weiß sie nicht über die Stadt. Sie kommt sich unwissend vor, *unmöglich*, rückständig. Sie preßt ihre Finger angstvoll in seine Handfläche. Er steht vor ihr. Im Gedränge der Gratulanten schaut er sich nicht um.

«Sag bloß,
Verbrechen lohnt sich nicht!»

(Myrna)

SEPTEMBER 1961
Seite 118

Ich sitze hier am Fenster, in einem Haus mit Hypotheken auf dreißig Jahre, schreibe in mein Notizbuch und betrachte meine Helena-Rubinstein-Hände . . . warum auch nicht? Schließlich bin ich keine ernsthafte Schriftstellerin, und daher müssen meine Fingernägel nicht abgeknabbert und die Nagelhäute nicht ausgefranst sein. Ich kann mir – meinen Händen – Kräuteressenzen, Nagellack, Lotionen und Cremes gönnen. Das Ergebnis sind wirklich schöne Hände: lieblich duftend, klein und weich . . .

Ich nehme sie von dem Blatt, auf das ich die Zeile «Sag bloß, Verbrechen lohnt sich nicht!» geschrieben habe, lasse sie suchend an meiner Bluse (einer weißen Rüschenbluse) emporgleiten und dann sanft meinen Schwanenhals hinauf, wo der Duft von Gardenien unter dem Haaransatz schwebt. Sollte ich Arme und Beine ausstrecken oder mich nur mal kurz und schnell drehen – ich könnte den lieblichen Duft meines Körpers nicht ertragen. Aber ich passe perfekt in meine neue Umgebung; wie ein Tiegel Cold Cream, die auf einer Frisierkommode vor sich hin schmilzt.

Seite 119

«Ich habe eine Überraschung für dich», sagte Ruel, als er mich zum erstenmal hierherbrachte. Und du weißt ja, wie mir das mittlerweile auf den Magen schlägt, wenn er grinst.

«Was denn?» fragte ich. Es interessierte mich kein bißchen.

Und so kamen wir bei dem Haus an. Vier Schlafzimmer
und zweieinhalb Toiletten.

«Ist es nicht herrlich?» sagte er. Er faßte mich nicht an
dabei, aber die falsche Begeisterung, mit der er sprach,
drängte mich aus dem Auto.

«Ja», sagte ich. Es ist herrlich. Wie alle neuen Südstaaten-
häuser. Die Ziegel sehen aus wie Würfel von rohem Fleisch;
das Dach drückt nach unten wie ein Strohhut aus Eisen. Die
Fenster sind schmale Knopfaugen; das Aluminium funkelt.
Der Hof ist eine lange, nackte Wunde, die wenigen Bäume
bar aller Blätter, wie Haarnadeln in einem Sandhäuf-
chen.

«Ja», sage ich, «herrlich ist es schon.» Er strahlt auf seine
kühle, selbstsichere Art. Es verblüfft mich, daß er keinerlei
Militäruniform mehr trägt. Aber nein. Er ist als Held aus
Korea zurückgekommen und mit einer unersättlichen Gier
nach lieblichen Gerüchen.

«Hier können wir vergessen, was war», sagt er.

Seite 120

Wir sind eingezogen und haben neue Möbel gekauft. Alles
ist so neu, daß es stinkt, die grünen Wände lassen mir die
Galle hochkommen. Er steht hinter mir, seine Hände berühren meine Haarspitzen. Ich nehme die Haarbürste und
bürste seine Hände weg. Ich lasse meinen Körper so lieblich
duften, daß sogar er (vor allem er) ihn nicht mehr anfassen
darf.

Ich will nicht vergessen, was war, aber ich sage «ja» wie
ein Papagei. «Hier können wir vergessen, was war.»

Was war, ist natürlich Mordecai Rich, von dem Ruel
behauptet, daß er an meinem Zusammenbruch schuld ist.

Was war, ist die Nacht, in der ich Ruel mit einer von seinen Bandsägen umbringen wollte.

Mordecai Rich.

Mordecai will nicht glauben, daß Ruel Johnson mein Mann ist. «So ein alter Mann», sagt er spöttisch und grausam.

«Ruel ist nicht alt», sage ich. «Er sieht eben einfach alt aus.» Genau wie du eben jung aussiehst, denke ich, obwohl du womöglich nicht viel jünger bist als er.

Vielleicht liegt es einfach daran, daß Mordecai ein Vagabund ist, der Eindrücke aus den Südstaaten aufs Papier kritzelt, ohne festen Standort und ohne festes Ziel . . . und Ruel ist nie aus Hancock County herausgekommen, nur ein einziges Mal, als er so mannhaft in den Krieg zog. Er behauptet, das Reisen habe seinen Gesichtskreis erweitert, besonders die zwei Monate Urlaub in Europa. Er hat mich geheiratet, weil ich für ihn wie eine Französin aussehe, obwohl meine Haut dunkel ist. Manchmal erzählt er mir auch, ich hätte etwas Asiatisches an mir: wie eine Koreanerin oder Japanerin. Ich tröste mich mit dem Gedanken: Wir in unserer Familie werden mit den Jahren immer dunkler. Kann sein, daß er eines Morgens aufwacht mit einer völlig fremden Frau im Bett.

«Er arbeitet im Laden», sage ich. «Außerdem baut er 100 Morgen Erdnüsse an.» Wenn das kein Erfolg ist.

«So viel», sagt Mordecai versonnen.

Ich erzähle ihm nicht aus Stolz, was mein Mann macht und ist. Auf diese Weise kann ich ihm etwas über mich erzählen.

Heute ist Mordecai wiedergekommen. Er erzählt eine traurig-komische Geschichte von einem Mann, der seine Frau nicht in Fahrt bringen konnte. «Wie er auch pustete und schnaufte», lacht Mordecai, «das Ergebnis war gleich Null.» Eines Nachts, als er sich zu ihrem Schlafzimmer schlich, hörte er drinnen freudige Schreie. Er stürmte hinein und fand seine Frau in den Armen einer anderen! Seine Frau zog sich ruhig an und packte ihre Koffer. Der Mann fing an zu bitten und zu betteln. «Ich tu alles, was du willst», versprach er. «Was *willst* du denn?» flehte er. Seine Frau mußte kichern, und lachend verließ sie mit ihrer Freundin das Haus.

Jetzt läßt sich der Mann jeden Tag vollaufen und verlangt, daß die Behörden etwas unternehmen. Wogegen sie etwas unternehmen sollen, weiß er auch nicht, aber so redet er auf die Leute ein: «Ich will, daß die gottverdammten Behörden was unternehmen!» Wer die Geschichte kennt, macht sich über ihn lustig. Man hat Mitleid mit ihm und gibt ihm so viel Geld, daß er sich weiter vollaufen lassen kann.

Ich glaube, Mordecai hat ungefähr soviel Herz wie eine dreckfressende Kröte. Selbst wenn er mich zum Lachen bringt, ist mir immer noch klar, daß kein Mensch die Schwierigkeiten anderer Leute mit so kalten Augen ansehen sollte.

«Das bin ich aber», sagt er und blättert in seiner Kladde. «Ein kaltes Auge. Ein Auge auf der Suche nach Schönheit. Ein Auge auf der Suche nach Wahrheit.»

«Warum schaust du nicht nach anderen Sachen aus?»

will ich wissen. «Nicht nach Wahrheit und Schönheit, sondern nach den Stellen im Leben der Menschen, wo die Dinge gründlich aus dem Gleis geraten sind.»

«Das ist mir zu vage», sagt Mordecai stirnrunzelnd.

«Genau wie die Wahrheit», sage ich. «Von der Schönheit ganz zu schweigen.»

Seite 10

Ruel will wissen, warum der «dürre schwarze Landstreicher» – so nennt er Mordecai – immer noch bei uns rumhängt. Dummerweise hab ich ihm erzählt, daß Mordecai daran denkt, eine seiner Geschichten über das Landleben im Süden in unserem Haus spielen zu lassen.

«Mordecai kommt aus dem Norden», sagte ich. «Er hat noch nie ein Holzhaus mit Klo im Hof gesehen.»

«Da soll er besser dorthin zurückgehen, wo er hergekommen ist», sagte Ruel, «und so scheißen, wie er's kennt.»

Ruel fühlt sich in seinem Stolz verletzt. Er schämt sich für dieses Haus, das mir völlig okay vorkommt. «Eines Tages werden wir ein neues Haus haben», sagt er, «aus Ziegelsteinen und mit einem japanischen Bad.» Wie soll ich wissen, warum?

Seite 11

Als ich Mordecai erzählte, was Ruel gesagt hat, lächelte er auf seine schlangenäugige Art und sagte: «Macht's dir was aus, wenn ich hier rumhänge?»

Ich wußte nicht, was ich sagen sollte. Ich stammelte irgendwas. Nicht wegen der Frage, sondern weil er die Hand ohne Umschweife auf meine linke Brust legte. Die andere Hand vergrub er tief in meinem Haar.

21

«Ich bin verheiratet, und zwar gründlicher, als ein junger Spund wie du sich das vorstellen kann», erzählte ich ihm. Aber ich glaube nicht, daß er sich davon stören läßt. Besonders, wo er inzwischen herausgefunden hat, daß ich auch gerne Schriftstellerin wäre.

Und das kam so: Ich saß und schrieb in der Weinlaube auf der Landzunge am Flüßchen, die man vom Haus aus wegen der Bäume nicht sehen kann. Plötzlich stand er vor mir, bevor ich mein Notizbuch weglegen konnte. Er schnappte es mir aus der Hand und fing an zu lesen. Noch dazu laut. Ich schämte mich zu Tode.

«Kommt nicht in Frage, daß meine Frau mich ins Gerede bringt mit so 'nem unanständigen Mist», las Mordecai. (Das ist Ruels Kommentar dazu, daß ich schreibe.) Er erzählt mir dauernd, wie verrückt ich bin, daß ich Geschichten schreiben will, und dann kommt er aufs Kinderkriegen oder Einkaufen, als ob das alles dasselbe wäre. Bloß daß ich beschäftigt bin. «Wenn du Zeit übrig hast», sagte er heute zu mir, «dann geh doch mal in dem neuen Laden in der Stadt einkaufen.»

Ich war da. Ich hab sechs verschiedene Sorten Gesichtscreme gekauft, zwei Augenbrauenstifte, fünf Nachthemden und eine Langhaarperücke. Zwei Konturenstifte und einen Topf Lip-Gloss.

Und dabei hab ich die ganze Zeit meiner letzten Geschichte nachgetrauert. Im Rohentwurf fertig — soweit komme ich schon mit meinen Geschichten —, aber ein totgeborenes Kind. Meine Hand von Feigheit gelähmt, mein Herz das Herz eines Sklaven.

Seite 14

Natürlich wollte Mordecai die Geschichte sehen. Was hatte ich noch zu verlieren?

«Blätter ein paar Seiten weiter», sagte ich. «Es ist nichts als das Skelett einer Geschichte, aber vielleicht wird doch eines Tages was draus.»

«*Die einbeinige Frau.*» Zuerst las Mordecai laut vor, dann machte er leise weiter.

Die Personen sind arme Bauern mit ein paar Kühen. Einmal ist der Mann morgens zu verkatert, um zu melken. Also macht es die Frau, und als sie fertig ist, geraten die Kühe durch ein aufziehendes Gewitter in Panik und trampeln sie nieder. Außerdem wird sie an einem Bein schwer verletzt. Ihr Mann schläft und hört sie nicht schreien. Schließlich schleppt sie sich ins Haus und weckt ihn. Er versorgt ihre Wunden und bittet sie um Verzeihung. Er holt keinen Arzt, weil er Angst hat, der Doktor könnte ihn als Faulpelz und Säufer hinstellen, unwürdig einer so guten Frau. Er will, daß der Doktor ihn achtet. Die Frau versteht das und sagt nichts.

Aber die Wunde wird brandig, und der Arzt kommt. Er macht dem Mann Vorhaltungen und amputiert das Bein der Frau. Die Frau kommt durch und versucht dem Mann seine Schwäche zu verzeihen.

Während ihrer Krankheit versucht ihr der Mann seine Liebe zu beweisen, aber das fehlende Bein kann er nicht anschauen. Als es ihr wieder gutgeht, merkt er, daß er nicht mehr mit ihr schlafen kann. Die Frau spürt seinen Widerwillen und begreift, daß ihr Opfer umsonst war. Sie schleppt sich in die Scheune und erhängt sich.

Der Mann schämt sich vor den Leuten, daß er mit einer einbeinigen Frau verheiratet war. Er begräbt sie selber und erzählt dann überall herum, daß sie bei ihrer Mutter zu Besuch ist.

Während Mordecai die Geschichte las, schaute ich auf die Felder hinaus. Wenn er ein einziges lobendes Wort darüber sagt, schwor ich mir, werde ich mit ihm ins Bett gehen. (Wie hätte ich mich sonst erkenntlich zeigen können? Mein einziger nennenswerter Besitz waren meine Töpfe mit Cold Cream!) Als hätte er meine Gedanken gelesen, ließ er sich neben mir nieder und sah mich mit seltsamen Augen an.

«Über so was denkst *du* nach?» fragte er.

Er nahm mich gleich an Ort und Stelle in die Arme. «Hast du viel Haar, so schwer und sexy», sagte er und legte mich sanft auf den Boden. Und dann geschah ein Wunder. Unter Mordecais Fingern entfaltete sich mein Körper wie eine Blume und blühte zart auf. Und das war nicht nur wundervoll, sondern auch seltsam. Ich glaube nämlich, Liebe hat dabei überhaupt keine Rolle gespielt.

Seite 17

Danach lobte Mordecai meine Intelligenz, meine Sensibilität, die Tiefe meiner Werke, soweit er sie kannte – und natürlich zeigte ich ihm alles, was ich hatte: alte Tagebücher aus meiner Schulzeit, Notizbücher, die ich unter einer Plane in der Scheune versteckt hatte, Geschichten, die auf Papiertüten geschrieben waren, auf Servietten, selbst auf das Schrankpapier vom Regal über dem Abwaschbecken. Ich bin verblüfft – noch verblüffter als Mordecai –, was ich alles geschrieben habe. Es hat sich in über zwanzig Jahren angesammelt und würde leicht einen kleinen Schuppen füllen.

«Die mußt du mir geben», sagte Mordecai endlich und zeigte mir drei Notizbücher, die er aus dem ziemlich chaotischen Haufen herausgesucht hatte. «Ich werd schauen, ob man damit nicht irgendwas anfangen kann. Aus dir könnte eine zweite Zora Hurston werden.» Er lächelte. «Oder eine zweite Simone de Beauvoir!»

Natürlich schmeichelt mir das. «Nimm sie! Nimm sie!» rufe ich. Ich sehe mich bereits mit seinen Augen. Eine berühmte Schriftstellerin, meilenweit von Ruel, meilenweit von allen normalen Sterblichen entfernt. Ich trage grobes Arbeitszeug, und meine Hände sehen gräßlich aus. Ich rieche nach Schweiß. Ich strahle vor Glück.

«Wie können so hübsche braune Finger nur so ein häßliches, tiefsinniges Zeug schreiben?» fragt Mordecai und küßt diese Finger.

Seite 20

Eine Woche lang versagen wir einander nichts. Wenn Ruel etwas gemerkt hat (wie sollte er nicht? Seine Laken sind nie sauber) –, *sagen* tut er nichts. Inzwischen ist mir klar, daß er Mordecai nie als echten Rivalen betrachtet hat. Anscheinend hat Mordecai nämlich nichts zu bieten außer seiner dürren Person und seinem komischen Geschwätz. Ich weide mich an dieser Erkenntnis. Jetzt wird Ruel bald sehen, daß ich kein Bauch ohne Kopf bin, den man mit japanischen Badewannen und Einkaufsorgien kaufen kann. Der Augenblick meiner Befreiung ist nahe!

Seite 24

Mordecai ist heute nicht gekommen. Ich sitze in der Laube, schreibe diese Worte, und langsam zieht meine Kehle sich zusammen. Ich ersticke fast an meiner Angst.

Seite 56

Wochenlang habe ich nichts wahrgenommen. Ruel nicht, das Haus nicht. Von überall her flüstert es, daß Mordecai mich vergessen hat. Gestern hat Ruel zu mir gesagt, ich soll nicht in die Stadt gehen, und ich hab es ihm versprochen, denn ich hab tagelang straßauf, straßab nach Mordecai gesucht. Die Leute gucken mich seltsam an, ihre Blicke gleiten auf merkwürdige Art von mir ab. Als ob sie etwas in meinem Gesicht sehen, das ihnen peinlich ist. Weiß denn jeder über mich und Mordecai Bescheid? Ist ein schönes Liebeserlebnis so schnell zu sehen? . . . Aber so schnell ist es gar nicht. Er ist jetzt schon länger fort, als ich ihn kannte.

Seite 61

Ruel sagt, ich benehm mich, wie wenn bei mir innen alles schläft. Das stimmt natürlich. Und nichts kann mich aufwecken außer einem Brief von Mordecai, daß ich meine Sachen packen und nach New York fliegen soll.

Seite 65

Wenn ich Mordecais Aufzeichnungen gelesen hätte, wüßte ich genau, was er von mir hält. Aber jetzt fällt mir auf, daß er sie mir kein einziges Mal gezeigt hat, obwohl er jeden ernsthaften Gedanken lesen durfte, den ich je hatte. Ich habe Angst zu wissen, was er dachte. Ich fühle mich verkrüppelt, entstellt. Aber wenn er es jemals aufgeschrieben hätte, wäre es wahr.

Seite 66

Heute hat mich Ruel aus der Weinlaube, aus dem Regen ins Haus gebracht. Ich wußte nicht, daß es regnet. Er hat noch Witze gemacht: «In unserm Alter kann man sich leicht das Rheuma holen, wenn man nicht aufpaßt.» Ich weiß nicht, was er meint. Ich bin zweiunddreißig. Er ist vierzig. Bis zu diesem Monat hab ich mich nie alt gefühlt.

Gestern nacht ist Ruel ins Bett gekommen und hat tatsächlich geweint in meinen Armen! Für ein Kind würde er alles geben, sagt er.

«Glaubst du, wir könnten eins bekommen?» hat er gesagt.

«Ja sicher», hab ich gesagt, «warum nicht?»

Er hat angefangen, mich zu küssen und sich darüber auszulassen, wie gut ich bin. Ich hab angefangen zu lachen. Er ist furchtbar wütend geworden, aber er hat seine Sache zu Ende gebracht. Er will tatsächlich ein Kind haben.

Ich muß mir wirklich was Besseres einfallen lassen, als mich umzubringen.

Ruel will, daß ich zum Arzt gehe, damit es schneller klappt mit dem Kind.

«Gehst du zum Arzt, mein Schatz?» fragt er, wie ein Bettler.

«Ja sicher», sage ich. «Warum nicht?»

Heute hab ich im Wartezimmer des Arztes eine Illustrierte aufgeschlagen, und da war eine Geschichte über eine einbeinige Frau. Ein Bild war auch dabei. Das hat jemand gemacht, der die Kühe grün und orange gemalt hat, und die

Frau hat er weiß gemalt, wie eine arme weiße Südstaatlerin, mit kleinen blauen Schlitzaugen. Nicht schwarz und füllig wie in der Geschichte, die ich im Kopf hatte. Aber es ist schon noch meine Geschichte, ausgearbeitet und umgekrempelt, wie das so ist. Der Autor ist angeblich Mordecai Rich. Weiter hinten ist ein kleines Bild von ihm. Er guckt streng und hat sich einen Bart wachsen lassen. Und unter dem Bild steht genau das, was er zu mir gesagt hat, über das Suchen nach der Wahrheit.

Sie schreiben, sein nächstes Buch soll *Der Widerstand der Schwarzen Frau gegen das Kreative in der Kunst* heißen.

Seite 86

Gestern nacht, als Ruel auf seiner Seite im Bett lag und schnarchte, hab ich die Spuren seiner Hände von meinem Körper gewaschen. Dann hab ich eine von seinen Bandsägen angestellt und versucht, ihm den Kopf abzuschneiden. Das hat nicht geklappt wegen dem Krach. Im letzten Moment ist Ruel aufgewacht.

Seite 95

Die Tage vergehen in einem Dunst, der nicht unangenehm ist. Die Ärzte und Schwestern nehmen mich nicht ernst. Sie stopfen mich mit Drogen voll und schließen noch nicht einmal die Tür ab. Wenn ich an Ruel denke, fällt mir das Lied ein, das die Briten immer singen: «Ruel Britannia!» Ich kann's sogar pfeifen oder mit den Fingern trommeln.

Die Leute erzählen meinem Mann ständig, daß ich nicht verrückt aussehe. Ich bin jetzt schon fast ein Jahr draußen, und so langsam glaubt er ihnen. Nachts steigt er auf mich drauf mit seinem Gesabbel und seiner Hoffnung und flucht, daß Mordecai Rich sein Leben zerstört hat. Ich wüßte gern, ob er spürt, wie sein Wille im Dunkeln mit meinem zusammenstößt. Manchmal sehe ich in meinem Kopf die Funken fliegen. Es ist erstaunlich, wie normal alles ist.

Seite 223

Das Haus wird noch immer nicht vom Getrappel süßer kleiner Füßchen zum Leben erweckt, weil ich inbrünstig die Pille nehme. Es ist für mich der einzige lustige Moment des ganzen Tages, wenn ich die kleine gelbe Tablette schlucke und mit Limonade oder Tee runterspüle. Ruel ist die ganze Zeit im Laden und auf den Erdnußfeldern. Er kommt verschwitzt, dreckig und müde nach Hause, und da erwarte ich ihn und dufte nach Arpége, My Sin, Wind Song und Jungle Gardenia. Die Frauen in der Nachbarschaft bedauern ihn, daß er mit so einem Nichts von einer Frau verheiratet ist.

Ich warte, schön und perfekt bis in die Fingerspitzen, und mache das Abendessen, als sei es eine Sache von Leben und Tod. Liege widerstandslos auf seinem Bett, wie eine an Land gespülte Wasserleiche. Aber er ist nicht glücklich. Denn er weiß jetzt, daß ich nichts tun werde außer «ja» sagen, bis er total erschöpft ist.

Ich gehe jetzt zweimal am Tag in das neue Einkaufszentrum; einmal am Vormittag und einmal am Nachmittag oder Abend. Ich kaufe Hüte, die ich im Leben nicht aufsetzen oder auch nur besitzen wollte. Kleider, die auf direktem Wege an die Fürsorge gehen. Schuhe, die im Keller zu Schimmel und Moder werden. Die Parfumflaschen, die Hautemulsionen, die Töpfe mit Lip-Gloss und Eye-Shadow behalte ich. Ich vergnüge mich damit, mein eigenes Gesicht zu bemalen.

Wenn er mir mal ganz, ganz leid ist, dann sage ich ihm, wie lange ich mich schon auf die Sicherheit der Pille verlasse. Wenn ich den lieblich-süßen Duft meines Körpers und diese weichen Helena-Rubinstein-Hände mal ganz, ganz leid bin, dann verlasse ich ihn und dieses Haus. Und zwar für immer, ohne einen einzigen Blick zurück.

Ihr süßer Jerome

Schlipse, die sie ihm gekauft hatte, hingen innen in der Schranktür, und die Tür schwang hin und her, als sie sich wieder und wieder in die Tiefe des Schrankes stürzte. Prachtvolle Schlipse, manche mit handgemalten Vögeln und tanzenden Frauen in Baströckchen, manche mit kleinen Tüpfelchen und größeren Punkten dazwischen. Ein paar rote, viele rotgrüne, und einer war lila mit einem goldenen Stern, und mitten durch diesen Stern ging seine goldene Krawattennadel mit dem Mustang, die war auch ein Geschenk von ihr. Sie schaute in den Taschen der schwarzen Lederjacke nach, die er am Abend zuvor widerstrebend angezogen hatte. Drei seiner Anzüge, eine Arbeitshose aus blauem Drillich und ein alter grauer Pullover mit Kapuze und Taschen lagen auf dem Bett verstreut. Das Leder der Jacke war abgeschabt und klebte feucht an ihren Händen. Die Jacke hatte sie ihm gekauft und die drei Anzüge auch: einen hellblauen mit Schlitzen an den Seiten, einen goldfarbenen mit ein bißchen Grün drin und einen rötlichen, zu dem eine silberne Weste aus Kunstseide gehörte. Die Jackentaschen standen ein ganz klein wenig vom Futter ab, wie magere Ratten, die nur Weißbrot und Milch zu fressen kriegen. Leer. Langsam ließ sie sich auf das Bett nieder und fing an, alle Taschen in allen Kleidungsstücken um sie herum mit stumpfen, gierigen Fingern zu durchwühlen. Zuerst den blauen Anzug, dann den grüngoldenen, dann den rötlichen, den er – wie er sagte – am allerwenigsten leiden konnte, den er aber manchmal trug, wenn sie sich bereit fand, zu Hause zu bleiben, oder wenn sie versprach, ihn nirgendwo anzufassen, während er sich anzog.

Sie war eine große, linkische Frau mit groben Knochen und hartem, gummiartigem Fleisch. Die kurzen Arme gingen in klobige Hände über, und der Nacken war ein platter Fettwulst, der als große Beule hinter dem Kopf hervortrat. Ihre Haut war rauh und aufgedunsen, mit dicken, muttermalartigen Sommersprossen auf den Backen. Die Augen starrten böse unter den Brauenhügeln hervor und waren mit teurem fliederfarbenen Make-up umrandet. Ihr Blick war nervös und hastig, wenn sie sich aufregte, und schoß ziellos in der Gegend umher, während sie ihren Kundinnen die Haare machte oder mit jemandem sprach.

Ihr Leidensweg begann unverkennbar damit, daß sie sich in einen eindrucksvoll schweigenden Lehrer verliebte, Mr. Jerome Franklin Washington III, zehn Jahre jünger als sie. Sie wußte selbst, sie sollte sich ihn aus dem Kopf schlagen, er war ja so klein und süß und jung, aber sie mußte auch berücksichtigen, daß er Lehrer war, jedenfalls konnte sie irgendwie keine Ruhe finden, bis – wie sie sich ausdrückte – «ich Mr. und Mrs. Jerome Franklin Washington der Dritte war.»

Sie besaß einen kleinen Kosmetiksalon, der hinter dem Bestattungsinstitut ihres Vaters gelegen war, und sie galten als «schwarze Leute mit Geld». Das Geschäft lief nicht schlecht, obwohl ihr das viele Stehen nicht so behagte und ihr Vater überall verkündete, von seinem Geld würde sie keinen Cent sehen, solange er am Leben war. Sie war stolz darauf, daß sie ihn nie um einen Cent gebeten hatte. Als er erfuhr, daß sie einen Lehrer in die Familie von Bestattungsunternehmern und Schiebern bringen wollte, wurde er ziemlich schnell nachgiebiger, aber sie machte ihm gleich einen Strich durch die Rechnung mit der Bemerkung, sie wolle nicht, daß irgend jemand anders für ihren Mann sorgte als sie. Das Haareentkrausen hatte sie von einer alten Frau gelernt, deren Laden am anderen Ende der Stadt lag, und jetzt war sie stolz darauf, daß sie allein zurechtkam. Und zwar viel besser als einige andere. Lehrern (oder vielmehr Lehrerinnen) erzählte sie gern, daß sie ohne «Bülldung» weit besser zurechtkam als viele andere, die nichts gelernt und zudem noch kein Geld hatten. Sie hielt nicht viel von Lehrerinnen, denn das waren die einzigen Frauen, mit denen sich Jerome Franklin Washington III vor seiner Eheschließung und auch danach gerne unterhielt.

Als sie ihn das erste Mal sah, ging er am Fenster ihres Ladens vorbei. Er trug einen Packen Bücher und hatte den Mantel lässig über den Arm geworfen. Adrett sah er aus, und so süß. Schlagartig kam ihr der Gedanke, wenn das ihrer wäre, würde sie gleich als erstes dafür sorgen, daß er ein süßes kleines rotes Auto bekäme. Und so arbeitete sie und verschuldete sich und ergatterte tatsächlich das Auto für ihn – nachdem sie ihn ergattert hatte –, aber dann sah sie ihm an, daß er es nicht so toll fand, weil es nur ein Chevy war. Sie hatte gleich wieder mit Sparen angefangen und konnte daher einen nagelneuen weißen Buick DeLuxe anzahlen, mit automatischer Steuerung und Weißwandreifen.

Jerome war elegant, jeder Zoll ein Gentleman, sogar ein Halbblinder konnte das sehen. Und das erzählte sie auch allen Leuten, bevor sie heirateten. Er schlug sie schon damals grün und blau, so daß man sie nie ohne eine protzige Sonnenbrille auf der Nase zu sehen bekam. Sobald sie den Mund aufmachte, zuckte er zusammen und behauptete, er könne es nicht ertragen; also prügelte er sie aus dem Zimmer, damit sie nicht ansprach. Sie versuchte, sich sexy und flott zu geben, was ihr auch – auf ihre Art – gelang, wobei sich ihre Vorliebe für Taftkleider in Pastelltönen und Schuhe in Orange immer wieder durchsetzte. Im Sommer gab sie glatt zwanzig Dollar für wagenradgroße Hüte mit Schleifen und Blumen aus, und wenn sie Schwarz und Weiß zusammen trug, belebte sie das Ganze mit ellbogenlangen

Handschuhen aus rotem Satin. Morgens beim Aufwachen hatte sie echte Zweifel, ob sie wirklich alle anderen Mädchen der Stadt an Schönheit übertreffe, aber wenn sie das Frühstück auf dem Tisch hatte, war sie wieder überzeugt, zumindest ebensogut auszusehen. Beim Sprechen bewegte sie ihre dicken, derben Lippen mitsamt den Haarbüscheln an den Mundwinkeln mehr als andere Leute, und wenn sie Kaffee trank, hielt sie die Tasse mit abgespreiztem kleinen Finger über die Untertasse und schlug die kurzen, behaarten Beine übereinander.

Wenn ihr Mann über die Stöckelschuhe lachte, auf denen sie Sonntag morgens mit frisch geöltem und gewelltem Haar schwankend zur Kirche trippelte, wobei sich ihr neues Kleid am oberen Rand des Hüfthalters bauschte, dann redete sie sich ein, daß Anerkennung in seinem Blick lag. Ein andermal machte er sich nicht die Mühe, von seinen Büchern aufzuschauen, und fluchte nur leise, wenn sie ihm einen Abschiedskuß geben wollte, und dann wußte sie nicht, ob sie lachen oder weinen sollte. In der Öffentlichkeit gab sie sich allerdings heiter und gelassen.

«Ich weiß nicht, wie manche Frauen das aushalten, meine Liebe», pflegte sie bedächtig zu sagen und bewegte dabei ihren Kopf elegant zur Seite und nach oben. «Eins muß ich meinem Mann ja lassen», erklärte sie hochtrabend, «schlagen tut er mich nicht!» Und dann lehnte sie sich zurück und lächelte zufrieden, ölig und fett, wie es ihre Art war. Die Frauen, die mit nassem Haar dasaßen und nicht weglaufen konnten, lächelten dann meist nur und nickten verständnisvoll und sagten, sich gegenseitig oder aber ihr blaues Auge anschauend: «So, tut er nicht? Hummmm. Na ja, beruf's nicht.» Und sie drehte weiter Lockenwickel, massierte oder entkrauste Haare, wobei sie das Gesicht zu einer dampfenden, würdevollen Maske erstarren ließ, was zum Kichern reizte.

34

2

Es war in ihrem Laden, wo sie das Gekicher und das Grinsen zuerst bemerkte. Während sie arbeitete, hörte sie den Klatsch, den eine Frau so ausdrückte: «Dein süßer kleiner Mann rührt in andrer Leute Töpfchen herum.» Weder war sie überrascht, noch konnte sie überrascht sein, als sie das belustigte und selbstgefällige Gesicht sah, wußte sie doch nur zu gut, daß ihr eigenes Töpfchen ganz und gar unberührt blieb, und das nicht erst seit gestern.

Von jenem ersten Tag der verstohlen getuschelten Andeutungen an – «Laß dir doch nichts vormachen von deinem Alten, Herzchen.» – versuchte sie herauszufinden, mit wem er sich herumtrieb. Das Gerede kam von üblen, gehässigen Klatschmäulern, aber sie konnte nicht anders, sie mußte ihnen glauben. Sie suchte überall – rechts und links, oben und unten. Sie schaute in Kneipen, und sie schaute in Kirchen. Sie schaute in der Schule, wo er arbeitete.

Sie ging in Hurenhäuser und zu Andachtsversammlungen, durch die Parks und über die Grenzen der Stadt hinaus, und zwischendurch kaufte sie Beile und Pistolen und Messer aller Art. Zu ihrem süßen Jerome sagte sie natürlich nichts. Der beobachtete ihre Manöver, verschanzt hinter seinem riesigen Vorrat an Taschenbüchern. Das war ein Hobby, das sie von ganzem Herzen unterstützte, wobei Lesen für sie dasselbe war wie Blättern in Comicheftchen; und außerdem konnte er das zu Hause tun – falls sie ihn davon überzeugen konnte, daß sie einen ganzen Abend lang still sein würde, und, natürlich, falls er überhaupt mal zu Hause blieb.

Sie durchkämmte die ganze Stadt, sah weiße Mädchen, schwarze Frauen, braunhäutige Schönheiten und häßliche alte Vetteln aller Schattierungen. Sie fand nichts. Und Jerome las weiter und lächelte blasiert, wobei er sie mit sorgfältig manikürtem Finger zur Ruhe mahnte. «Stör mich nicht», sagte er immer, und dann las er noch ein bißchen weiter, während sie mit böse funkelnden Augen hinter ihm stand und mit ihrer kehligen Stimme gedämpft vor sich hin fluchte, um dann mit ihrer Waffensammlung plattfüßig aus dem Haus zu watscheln.

An manchen Tagen stand sie um vier Uhr morgens auf, nachdem sie die ganze Nacht kein Auge zugetan hatte, warf sich einen alten Pullover um die Schultern und machte sich auf die Suche. Ihr fester Körper wurde schlaff. Die Augen waren blutunterlaufen und blickten wild, ihr Haar war völlig verfilzt, kraus an den Wurzeln und fettig an den Spitzen. Sie roch schlecht aus dem Mund und unter den Armen und anderswo. Sie konnte keine Minute stillsitzen, in äußerster Qual sprang sie gleich wieder auf, um ein Haus oder eine Straße zu durchsuchen, die sie vergessen zu haben glaubte.

«Hast du was mit meinem Jerome?» fragte sie jede, die sie mit fieberhaft bebenden Händen zu packen kriegte. Und bevor die noch antworten konnte, wurde sie mit dem Kinn in die Kopfzange genommen und spürte ein langes Messer am Hals, genau unter dem Ohr. Diese Verhöre ließen einem das Blut in den Adern gefrieren und versetzten die ganze Stadt in Angst und Schrecken, zumal man ihr den Wahnsinn bald mit bloßem Auge ansah. Sie hatte angefangen, mit den Zähnen zu knirschen und sich die Haare zu raufen, wenn sie herumlief. Die Leute aus der Stadt, von denen keiner eine Ahnung hatte, wo sie wohnte, oder sonst irgend etwas über sie wußte – außer wie ihr Mann hieß, «Jerome» –, warteten nur darauf, daß sie eine Frau in aller Öffentlichkeit anfallen würde, oder noch besser, weil ungefährlicher für die Einwohner, wäre es, sie würde endgültig ausflippen, und zwar in ihren eigenen vier Wänden und am besten allein; wer immer sie dann sehen oder hören würde, wäre in diesem Fall verpflichtet, die zuständigen Stellen zu alarmieren.

Das wußte sie wohl, verrückt, aber gerissen, wie sie war.

Dadurch ließ sie sich jedoch nicht von ihrer Suche abhalten. Die Polizei würde sie nie kriegen, dachte sie; sie war viel zu schlau. Sie konnte sich ganz gut tarnen und wußte tausend Verstecke. Endgültig auszuflippen in ihren eigenen vier Wänden war ausgeschlossen; die Geliebte ihres Mannes würde, dachte sie verächtlich, es wohl nicht wagen, sich im Revier der Ehefrau sehen zu lassen.

Ihren Kosmetiksalon hatte sie inzwischen aufgegeben, und die Kundinnen waren nur froh darüber. Bevor sie sich endgültig verabschiedete, hatte sie nämlich die nervtötende Angewohnheit entwickelt, die Frauen zu verhören, die sie gerade mit der Brennschere bearbeitete – «Du bist es, gib's doch zu?!» –, und die konnten dann sagen, was sie wollten, sie verbrannte sie doch. Als ihr Vater starb, hinterließ er sein Geld voller Stolz «dem Lehrer», der es mit seiner Frau teilen konnte oder auch nicht, schließlich war er «studiert genug, daß er das selber am besten weiß». Jerome war «studiert genug», seiner Frau nicht einen einzigen Cent zu geben. Er freute sich über die Erbschaft, kaufte aber nie etwas von dem Geld, was seine Frau zu Gesicht bekommen hätte. Solange noch etwas von dem Geld da war, nannte Jerome es seine «Versicherung». Wenn sie fragte, Versicherung gegen was, sagte er, Feuer und Diebstahl. Oder Einbruch und Wirbelsturm. Als das Geld weg war, und es schien über Nacht verschwunden zu sein, fragte sie Jerome, was er davon gekauft hätte. Er sagte, etwas sehr Großes. Sie sagte, wie groß denn? Er sagte, wie ein Panzer zum Beispiel. Danach stellte sie keine Fragen mehr. Zu der Zeit war ihr das Geld sowieso schon egal; Hauptsache, er hatte es nicht für irgendeine Frau ausgegeben.

Während es mit ihr beständig bergab ging, bewegte sich Jerome ebenso sicher in die umgekehrte Richtung. Er war in der Stadt als «ein Kerl, der es faustdick hinter den Ohren hat» und als gelehrter Mann bekannt. Manche bezeichneten ihn als «Intellektuellen», ein Wort, das ihr absolut nichts sagte.

Er war mit gebildeten Leuten befreundet, deren Gerede sie ausgesprochen ermüdend fand – was nicht heißt, daß man sie je gebeten hätte, es sich anzuhören. Sein bester Freund war der Leiter der Schule, an der er arbeitete, und der war von irgendeiner berühmten Universität im Norden zu ihnen in den Süden gezogen. Er war klein und schmächtig und hatte einen wilden Wuschelbart und große traurige Augen. Er nannte Jerome «Bruder». Die Frauen aus Jeromes Gruppe trugen kurzes, krauses Haar und große Ohrringe. Sie waren unzertrennlich und sprachen sich mit Namen an, die sie «afrikanisch» nannten, und sie gingen nie zur Kirche.

Ab und zu boten die Frauen mit den Männern zusammen einen «Workshop» an für die jugendlichen Rowdies der Stadt. Sie hatte keine Ahnung, was dort vor sich ging, aber sie glaubte schon lange nicht mehr, daß es irgendwas mit Tischlerei oder überhaupt mit Holz zu tun hatte.

Zu Jeromes Freunden oder «Genossen», wie er sie manchmal im Scherz nannte (oder auch nicht im Scherz, wie sollte sie das wissen?), gehörten auch zwei oder drei Weiße vom weißen College und der weißen Universität. Im allgemeinen mochte Jerome keine Weißen, und sie konnte sich nicht vorstellen, was sie in seinem Kreis zu suchen hatten. Man traf sich im Haus des Schulleiters, und die Weißen kamen erst nach Einbruch der Dunkelheit, wobei sie sich ständig nach allen Seiten umsahen. Das wußte sie, denn sie hatte das Haus in schlaflosen Nächten wieder und wieder beobachtet und versucht, all ihren Mut zusammen-zunehmen und hineinzugehen. Eines schwülen Abends, als sie sich mit einem Drink gestärkt hatte, platzte sie ins Zimmer, mitten in die Sitzung. Die Frauen, die sie so wütend verdächtigt hatte, saßen in einer Ecke zusammen und waren in eine Diskussion vertieft. Ab und zu kamen Gesprächsfetzen herüber, die sie verstehen konnte. Sie hörte «Sklavenhandel» und «gewaltsamer Umsturz» und «die Sau kaltmachen», ein Ausdruck, den sie noch nie gehört hatte.

Eine der Frauen, die einzige von der Gruppe, die sie überhaupt beachtete, fragte lachend, ob sie sich «der Revolution anschließen» wollte. Bis dahin hatte sie zitternd an der Tür gestanden und so angestrengt versucht, das alles zu begreifen, daß sie ohnmächtig zu werden glaubte. Die Männer saßen auf der anderen Seite des Raumes im Kreis zuammen, und da stand Jerome jetzt auf, und ohne sich um sie zu kümmern, fing er an, Gedichte aufzusagen, und zwar so gemeine, wie sie noch nie welche gehört hatte. Beschämt und verwirrt verließ sie das Zimmer, und niemand kam auf die Idee zu fragen, warum sie da so lange herumgestanden und die Leute angestarrt hatte, oder ob jemand sie hinausbegleiten sollte. Sie schleppte sich schwerfällig nach Hause, mit gesenktem Kopf, verstört, erstaunt und völlig durcheinander.

3

Und jetzt durchsuchte sie die Kleidung ihres Mannes auf der Jagd nach einer heißen Spur. Ihre Hände zitterten, als sie die Sachen ausleerte und schüttelte, darin herumgrapschte und auch mal was zum Schnüffeln an die Nase hielt. Und bei jeder ausgeleerten Tasche hatte sie das Gefühl, daß da irgendwas war, *irgendwas,* irgendeine Kleinigkeit, die ihr entging.

Mit klopfendem Herzen kniete sie hin und schaute unter das Bett. Da war alles voller Staub und Spinnweben, genauso, wie sie sich im Kopf fühlte. Das Haus starrte vor Schmutz, denn sie hatte es vollkommen vernachlässigt, seit sie ihre Suche aufgenommen hatte. Jetzt sah es aus, als hätte sich der Staub der ganzen Welt unter ihrem Bett abgesetzt. Sie sah seine Schuhe; sie hielt sie an ihre verschwitzten Backen und küßte sie. Sie tastete das Innere der Schuhe ab. Nichts.

Dann, als sie eben aufstehen wollte, bemerkte sie, daß es am Kopfende des Bettes besonders schwarz war. Dort hatte sie noch nicht nachgeschaut. Auf dem Fußboden unter dem Kissen an ihrer Bettseite war nichts. Schnell lief sie um das Bett herum. Sie kniete nieder, stieß mit der Hand an etwas, das auf seiner Seite auf dem Boden lag. Hastig, auf dem Bauch liegend, scharrte sie es hervor. Dann scharrte und scharrte sie weiter. Sie keuchte und schwitzte, und ihr aschfahles Gesicht überzog sich langsam mit Röte, als ihr jetzt endlich die unheilvolle Erkenntnis kam. Schlagartig war ihr klar: «Da steckt keine Frau hinter.» Einfach so. Es war ihr nie eingefallen, daß es etwas Schlimmeres geben könnte. Sie erstickte den Schrei in ihrer Kehle.

In ihren plumpen, derben Händen, die jetzt zitterten, hielt sie einen großen, dreckverkrusteten und staubverklebten Stapel von Taschenbüchern. Bücher, die während der Monate ihrer Ehe aus seinen Händen hinter das Bett gefallen waren. Sie staubte sie eins nach dem andern sorgfältig ab und sah sich aufmerksam und stirnrunzelnd die Titelblätter an. Überall waren Fäuste und Pistolen. «Schwarz» war das einzige Wort, das auf jedem einzelnen Titel auftauchte. *Schwarzer Zorn, Schwarzes Feuer, Schwarze Wut, Schwarze Rache, Schwarze Vergeltung, Schwarzer Haß, Schwarze Schönheit, Schwarze Revolution.* Dann war das Wort «Revolution» dran. *Revolution der Straße, Revolution von oben, Revolution in den Bergen, Revolution und Rebellion, Die Revolution und die Schwarzen in den USA, Revolution und Tod.* Staunend betrachtete sie die Bücher, die ihren Mann so beschäftigt hatten, voller Wut, daß sie auf das Offensichtliche vorher nie gekommen war.

Wie oft hatte sie ihn zum Lesen ermuntert? Wie oft sich in ihrer Unwissenheit darüber amüsiert? Wie oft hatte er sie ausgelacht, wenn sie ging, um «seine» Frauen aufzuspüren? Schluchzend kam ihr zu Bewußtsein, daß sie noch nicht einmal wußte, was das Wort «Revolution» bedeutete, außer vielleicht, daß sich etwas ständig im Kreis herum dreht, so wie es sich in ihrem Kopf drehte.

Ruhig stapelte sie die Bücher fein säuberlich auf seinem Kopfkissen auf. Mit ihrem größten Messer hieb und stach sie auf sie ein. Als die schamlosen und unverständlichen Wörter nicht mit den Büchern verschwanden, machte sie sich eilig daran, das Ehebett mit Petroleum zum Brennen zu bringen. Gierig, in hoffnungslosem Triumph sah sie zu, wie das Zimmer Feuer fing. Die Wortfetzen verwandelten sich in wollüstige Rauchgebilde, die sich träge zur Decke kringelten. «Schund!» schrie sie wieder und wieder und versuchte durch den Rauch hindurch die Wörter zu erschlagen, die jetzt in prachtvollen Farben von den Toten auferstanden. «Ich bring euch um! Ich bring euch um!» schrie sie dem lodernden Feuer entgegen und verzog sich tobend und zitternd in eine dunkle Zimmerecke, weit entfernt von der offenen Tür. Aber das Feuer und die Wörter brüllten gemeinsam gegen sie an, überwältigten sie mit ihrem Schmerz und ihrer Erleuchtung. Und sie verbarg ihr grobes, tränenfeuchtes Gesicht in den versengten und dann zischend brennenden Armen und schrie und schrie.

Das Kind, das wie Daughter war

«Daß meine Tochter glaubt,
sie wär verliebt
in einen Mann!
Wie kann das sein?»

Anonym

Sie weiß, daß er den Brief gelesen hat. Er sitzt auf der Veranda vor dem Haus und verfolgt ihren langen Weg vom Schulbus die Straße entlang und in den Hof. *Vater, Richter, Lebensspender.* Düstere Wolken, die Regen ankündigen, hängen tief zu beiden Seiten der Nachmittagssonne, und sie hält die Hand über die Augen und schaut auf die Reihen von Baumwollpflanzen hinaus, die sich als lange grüne Hecken zu ihrer Linken vom Briefkasten bis zum Haus ziehen. Zuerst hält sie aus Angst den Atem an, dann verfällt sie in eine dumpfe Ruhe, und als sie sich langsam die Straße hinunterbewegt, läßt sie die Füße in dem lockeren roten Staub schleifen und gibt sich unbekümmert. Sie fragt sich aber, wie er wohl von dem Brief erfahren hat. Die Mutter ihres Liebsten ist vernarrt in das Mädchen, das er jetzt geheiratet hat. Vielleicht war *sie* es, aus Sorge um die Reinheit der Rasse. Oder die junge Braut, die mit eisigem Schrecken einen Brief von ihr entdeckt hat unter den Erinnerungsstücken, die ihr Mann einfach nicht wegwerfen will. Oder –? Aber diesen Gedanken denkt sie nicht zu Ende. Sie liebt ihn.

> *Feuer der Erde*
> *Zauber der Blume riecht*
> *Die Sonne*

Mit langsamen, bedächtigen Schritten geht sie die Straße entlang auf das Haus zu, dem schweren schweigenden Mann auf der Veranda entgegen. Die Sonne ist drückend heiß, aber sie empfindet die Hitze mehr als Wärme, denn unter der heißen Haut an ihrem Rücken ist ein kalter Fleck, der ihr Herz einschließt und frostige Arme um die Rippen unter ihrer Brust schlingt.

> *Zauber der Blume riecht*
> *Die Sonne*

Sie bleibt stehen und betrachtet aufmerksam eine kleine wilde Staude der Schwarzäugigen Susanne und ein paar einzelne Butterblumen. Ihre Finger streicheln leicht über die empfindlichen Blüten, und einen Augenblick lang steht sie da und staunt.

> *Zauber der Blume riecht*
> *Die Sonne*
> *Sachte der Duft von –*
> *Sachte der Duft von Blumen*
> *Und Blüten*
> *Klein, hell – letzte Wünsche*

2

Er sitzt auf der Terrasse, und sein Gewehr lehnt in Reichweite am Geländer. Wenn er ihr nicht mit Worten Keuschheit einbleuen kann, wird er ihr mit dem Gewehr drohen. Er sitzt angespannt auf dem Stuhl und wartet. Er beobachtet sie, seit sie aus dem Bus gestiegen ist. Er sieht, wie sie die Augen mit der Hand gegen die heiße Sonne schützt und wie sie den Blick über die Baumwollreihen schweifen läßt, die auf ihn zulaufen und ihn an seinem Platz fast berühren. Er sieht ihren Blick, erkennt diesen Ausdruck durch jedes Alter und jedes Schweigen hindurch, weiß, daß sie weiß, daß er den Brief hat.

Über ihm in den Dachsparren an ein paar kühlen Stellen, die vor der Nachmittagssonne geschützt sind, das Rascheln der Mistbienen. Und eifrige Wespen, die an ihre Papierhäuser ein Dutzend Zellen anbauen oder noch mehr. Im Spätsommer, wenn ihre Jungen flugfähig werden, wird er Papierfackeln anzünden und ihre Papierhäuser abbrennen müssen. So versengt er den jungen Wespen die Flügel, bevor sie fliegen können und ihn stechen, wenn er in der Abendkühle dort sitzt und in seiner Bibel liest.

Mit halbgeschlossenen Augen sieht er sie näher kommen, die Füße bis zu den Knöcheln im lockeren roten Staub. Langsam zählt er jeden Schritt, überwacht jede Pause, während die geschäftigen Insekten über ihm summen. Er sieht, wie sie das leuchtende Büschel Blumen genau betrachtet. Sie ist so nahe gekommen, daß er deutlich den lässigen Bogen erkennt, mit dem ihr Arm die Schulbücher an der Hüfte hält. Das lange dunkle Haar kringelt sich in kleinen Locken um ihre Ohren und fällt, von Bändchen zusammengehalten, schlicht auf ihre Schultern. Gleich wird er ihre Augen sehen können – jedes eine vollkommene Schwarzäugige Susanne –, die Bruchstücke von ihm selbst zurückschleudern. Sein Inneres widerspiegeln.

Erinnerungen an Jahre
Unergründliche Frauen –
Schwestern
Gattinnen
Illusionen der Seele

Als Kind hatte er eine Schwester, die *Daughter* genannt wurde. Sie war wie Honig – goldbraun, wild und süß. Großzügig war sie und hübsch, und er konnte sich an keinen Augenblick seines Lebens erinnern, wo er sie nicht heftig, von ganzem Herzen, geliebt hätte. Sie hätte ihm alles gegeben, was sie besaß, hätte jedem alles gegeben, was sie

44

besaß. Sie ging mit Geld, Kleidern, ihrer Gesundheit verschwenderisch um. Auch aus der Liebe, die ihr nur so zuflog, schien sie sich nicht viel zu machen. Wenn er sie bat, nicht auszugehen, bei ihm zu bleiben, lachte sie ihm ins Gesicht und ging ihrer Wege, schlief mal hier und mal da. Wo sie gerade gebraucht wird, sagte sie immer und lachte. Aber so konnte das nicht ewig weitergehen; einmal kam sie zurück, nachdem sie monatelang mit dem Mann einer anderen Frau zusammen war, und schien an sich selbst zu leiden. Er litt auch und weinte nächtelang in seinem Bett; denn sie hatte ihre Liebe ausgerechnet dem Mann geschenkt, der ihn, ihren Bruder, auf seinen grausamen, heißen und einsamen Feldern arbeiten ließ. Und nicht wie einen Mann behandelte, nicht einmal so, wie ein armer Mann sein Vieh behandelt.

Erinnerungen an Jahre
Unergründliche Frauen –
Schwestern
Gattinnen
Illusionen der Seele

Als sie zurückkam, war von ihrem langen, kräftigen Haar nichts mehr da, beim Essen wackelten ihre Zähne im Zahnfleisch, und sie erkannte niemanden. Tage- und nächtelang wimmerte sie und schrie, sie stünde in Flammen. Er war noch ein kleiner Junge, als sie anfing, ihn in ihrer gerissenen Art an der Nase herumzuführen und immer wieder seine Liebe auszubeuten. Und ohne seine Tränen jemals offen zu zeigen, ließ er es zu, daß sie ihm mit ihren wimpernlosen Augen zuzwinkerte und mit ihren kraftlosen, klauenähnlichen Händen über die Wangen strich. Ans Bett gefesselt, war sie allen im Haus auf Gedeih und Verderb ausgeliefert. Sie schlugen ihr ihren Verrat um die Ohren und steinigten sie damit, bis sie sicher waren, daß sie weder ihre Verachtung noch ihren eigenen Schmerz mehr fühlen konnte. Allmählich, als sich abzeichnete, daß sie nicht sterben würde, gingen sie dazu über, ihr das Essen hinzuknallen wie einem Tier, und nachts, wenn sie über die Schatten heulte, die der Mond auf ihr Bett warf, stand sein Vater auf und prügelte sie mit seinem Gürtel, bis sie still war.

Eines Tages, sie schien fast wieder sie selbst zu sein, bat sie ihn, sie vom Bett loszubinden. Er dachte, sie würde fortlaufen in die Wälder und niemals wiederkommen, wenn er sie befreite. Seine Liebe zu ihr war zu einem dumpf schmerzenden, anhaltenden Abscheu geworden, und er hatte verschwommene, angstvolle Träume von einer grausamen Rache an dem weißen Liebhaber, der Schande über sie alle gebracht hatte. Aber *Daughter* kletterte aus dem Bett wie ein argwöhnisches Tier, schlug ihn zu Boden, so daß er das Bewußtsein verlor, und nachts fand man sie aufgespießt auf der eisernen Spitze eines Zaunpfostens in der Nähe des Hauses.

Daß sie sich dem Herrn, der ihn knechtete, hingegeben hatte – das brachte ihn in Rage! Und daß sie so zugerichtet worden war! Er konnte ihr diese Liebe nicht verzeihen, die weder Herren noch Sklaven kannte. Ihre eigene Wunde war zwar bitter genug und erwies sich am Ende als tödlich; er aber trug eine Schwäre für das ganze Leben davon, die ihn langsam vergiftete. In einer Welt, in der die Frage von Unschuld und Schuld durch Rasse und Hautfarbe noch komplizierter wurde, überkam ihn eine Entschlußlosigkeit und Lebensunlust, als habe sich die ganze Welt gegen ihn verschworen. Sein einziger Schutz gegen den Betrug, den das Leben ihm seiner Meinung nach bescheren würde, war der, daß er *wußte,* daß er belogen und betrogen werden würde, und daß er bereit war, den Kampf dagegen aufzunehmen.

Die Frauen in seinem Leben sahen sich einem verdrossenen Bollwerk von Mißtrauen und gehässigem Spott gegenüber. Anscheinend konnte er nicht anders, als selbst die zu hassen, die ihn liebten, und am lautesten lachte er über diejenigen, denen er etwas bedeutete, als ob das nur Narren sein könnten. Seine eigene Frau – zum Krüppel geschlagen, damit sie sich nicht auf die vermeintlichen Annäherungsversuche des weißen Grundbesitzers einlassen konnte – brachte sich um, als sie noch jung und stark genug war, ihm zu entkommen. Aber sie hinterließ ein Kind, ein Mädchen, eine Tochter, das Ebenbild von *Daughter,* seiner toten Schwester. Ein Ebenbild in jeder Hinsicht.

> *Erinnerungen an einst*
> *Wie ein Spiegel, aus dem jede Hoffnung*
> *Jeder Verlust widerscheint*

Seine Hände sind unsicher, und er macht eine Greifbewegung durch die Luft vor seinem Gesicht. Da geht sie, eine schillernde Gestalt in Blau und Weiß, unter den Zedern über den Hof. Sie bleibt unter dem niedrigen Ast der großen Magnolie stehen und scheint in den strahlenden Glanz der trichterförmigen Blumen versunken, an die sie nicht herankommt. In der Hand, die nicht das Gewehr hält, ist der offene Brief. Er hält ihn an einer Ecke fest. Seine Handflächen schwitzen, die Kehle ist trocken. Er schluckt krampfhaft und zwinkert hastig mit den Augen. Die grauen Bohlen der Veranda schwingen unter ihren leichten Füßen. Ihr Blick flackert über ihn hinweg und bleibt dann an dem offenen Brief hängen. Automatisch hebt seine Hand den Brief ein wenig höher, obwohl er merkt, daß er jetzt, wo er sich ihren seltsam vertrauten Augen gegenübersieht, noch nicht sprechen kann.

Mit gleichgültiger Neugier schweifen die Augen des Mädchens vom Brief zu dem am Geländer lehnenden Gewehr und weiter zu seinem Gesicht, das er schwärzer und straffer werden fühlt, als sei es eine Maske, die von ihm abfallen wird, wenn sie völlig hart geworden ist. Wie zufällig schwenkt sie zurück zum Verandapfosten, sieht ihn an und schaut von Zeit zu Zeit über seinen Kopf hinweg in den leuchtenden Nachmittagshimmel. Unwillkürlich wandern seine Augen schwerfällig an dem schlanken, wohlgerundeten Körper hinab und bleiben an dem haften, was sie ihrem Liebhaber in dem Brief dargeboten hat. Er errötet, obwohl er schwarz ist, das Rot glüht lila unter seiner Haut, und seine Zunge, die vor Wut gebunden war, löst sich langsam.

«Weißenflittchen!» zischt er sie an, mit fast versiegelten Lippen und zusammengebissenen Zähnen. Ihr Körper reagiert wie von einem Windstoß getroffen; sie schwankt leise auf ihren schlanken Beinen und stemmt sich noch fester gegen den Pfosten. Sie starrt ihm direkt in die Augen, als gäbe es sonst nichts, wo sie hinschauen könnte. Bald läßt sie den Kopf sinken.

Sie geht voran zum Schuppen hinter dem Haus. Noch immer hält sie die Bücher locker an der Hüfte, und er macht seine Augen hart, als sie über die kleinen, leichten Spuren im Staub wandern. Das Braun ihrer Haut ist voller Kupfertöne, und ihre Arme sind wie lange goldene Früchte, die das Licht der untergehenden Sonne aufnehmen und zurückstrahlen. Erbarmungslos treibt er sie durch die windschiefe Brettertür, stößt sie grob hinunter in den Dreck. Sie ist wie ein junger Weidenbaum ohne Wurzeln unter seinen Händen. Sie wehrt sich nicht, und er schlägt mit einem Pferderiemen aus dem Stall lange auf sie ein, und die Schnallen hinterlassen Blutergüsse, die bis an die goldbraune Haut anschwellen und dann überlaufen, und das Blut rinnt in kleinen Kringeln in den Staub auf dem Boden.

Als er im Schatten der Bäume kraftlos zum Haus torkelt, wirft er den Sternen einen flehenden Blick zu, doch der Himmel ist voller Wolken, und der Regen schlägt ihm um die Ohren, und als er die Hintertreppe erreicht hat, ist er völlig durchnäßt. Die Hunde rennen aufgeregt und hungrig auf dem feuchten Boden der hinteren Veranda herum, und obwohl er sie füttert, will kein einziger unter seinen flink kraulenden Fingern stillhalten. Dumpf sieht er zu, wie sie fressen, und horcht auf die hohen Winde in den Bäumen. Zitternd vor Kälte geht er durch das Haus zur vorderen Veranda und nimmt das regennasse Gewehr und setzt sich damit, wiegt es auf den Knien hin und her wie ein Baby.

Der Brief ist vom Regen durchweicht, aber er kann das «Ich liebe dich» erkennen, das mit sicherer Hand quer über die blaue Vorderseite geschrieben ist. Er haßt sogar das Papier dieses Briefs und zerknüllt es in der Faust. Ein nasser Windstoß läßt es ein wenig hochflattern und drückt das Knäuel gegen das straffe Fliegengitter an der Seite der Veranda. Er ist froh, als der Wind davon abläßt, so daß es als schlappe, breiige Masse auf den schlüpfrigen, nassen Bohlen unter seinen Füßen liegenbleibt. Er stützt den Nacken schwer auf die Stuhllehne. Worte aus dem Brief – ihrem Brief an den weißen Teufel, der sie verstoßen hat, um eine von der eigenen Art zu heiraten – ziehen eine Spur in seinem Kopf. «Eifersucht heißt Angst haben um etwas, das dir nie gehört hat und womöglich nie gehören wird.» Ein feuchter abnehmender Mond füllt den Himmel, bevor er nickt.

3

Wie oft sie auch zur Kirche ging, es änderte sie nicht. Gebete hatten nichts anzubieten, ihren inneren Durst zu löschen. Ihre Welt war still und wunderbar, doch fehlte dieser Welt jegliche grundlegende Hoffnung, wenn nicht gar die Fähigkeit zur Liebe; es war eine Welt der doppelten Bilder, als würde sie stets durch einen Vorhang von Tränen gesehen. Als der christliche Glaube in ihr natürliches Denken und Zweifeln eindrang, ließ er die Farben rasch und scharf hervortreten, doch außerhalb ihrer eigenen vier Wände verlor diese Erkenntnis ihre harte südstaatliche Primitivität, konnte mit ihrer quälenden Ichbezogenheit keinen Fußbreit in das tiefe verborgene Reich ihres Bewußtseins vordringen. Wenn sie ihre einfache Art aufgeben sollte, einfache Blumen zu betrachten, so war ihr Verlangen dann um so größer, jene leuchtenden Blütenpunkte zu berühren, die dort in dem Blätterwerk lebten und dahinstarben, aufgingen und untergingen wie gewisse Sterne, von denen man ihr erzählt hatte: ein ständiges Kommen, Sein und Vergehen, an das sie nie heranreichte. Oft starrte sie mit gespannter Aufmerksamkeit in die Elfenbeinherzen abgefallener Magnolienblüten und suchte so die Antwort auf die Frage, die man ihr nie richtig erläutert hatte, aber dennoch erwartete, daß sie sie kannte; aber sie zog daraus nur die eine Lehre, daß es die abgefallene Blume ist, die am meisten gehaßt und am leichtesten verletzt wird.

Zauber der Blume riecht
Die Sonne

Am Morgen findet er die Welt frisch gewaschen, aber sonst unverändert vor, erhebt sich aus einem steifbeinigen Schlaf und irrt durch das Haus, betrachtet alte Fotos. In einem vergoldeten und angelaufenen Rahmen bildet sich ihr Gesicht aus den Umrissen eines Pfirsichs heraus. Die großen toten Augen der schönen *Daughter,* seiner ersten Liebe. Zum erstenmal dreht er es um und geht dann weiter durch das Haus, verwundert, wie im Schlaf. An der Hintertür läßt er seine Finger über die lange Klinge seines Taschenmessers gleiten und steckt es, sanft und resigniert, in die Tasche. Als ein Mensch, dessen endgültiger Tod sich nach uralten Regeln des Wahnsinns zu richten hat, weiß er, daß Resignieren eine Art Sterben ist. Ein Vorbereiten auf das Ereignis selbst. Er macht einen Schritt auf den Schuppen zu. Seine Augen haben die panische Ruhe von Fischen auf dem Trockenen, die mit ihrem Körper hektisch um sich schlagen, während die Augen bewegungslos sind.

Im Schuppen findet er sie bereits erwacht, und lange bleibt sie so liegen wie zuvor, wobei ihre dunklen Augen den Himmel durch die offene Tür hindurch widerspiegeln. Sie sieht ihn an ohne Haß; aber es ist auch nicht Gleichgültigkeit, was er in ihrem Gesicht liest. Das ruhige Warten von gestern ist vorbei, und abgesehen von dem Blut sieht sie stark aus, und das feuchte schwarze Haar, das sich lose auf dem Lehmfußboden kringelt, erregt ihn, und alle Schrecken, die sie in der Nacht durchlebt hat, sind ein Nichts gegen das, was sie jetzt in seinen weit aufgerissenen Augen liest.

Als ihm klar wird, daß das seine Tochter ist und nicht *Daughter,* seine erste Liebe, bittet er sie mit heiserer Stimme, den Brief zu verleugnen. Den Brief verleugnen; das Papier aufgegessen und die Tinte getrunken, die Worte nie aus der Luft gewrungen. Ihr Mund verzieht sich zu der Heiterkeit von *Daughter.* Ruhig sagt sie nein. Nein – einfach, schulterzuckend, endgültig. Nein. Ihr langsames, gequältes Aufrichten ist eine starke Provokation, und sie würdigt ihn kaum eines Blickes, während die schwarzen Tümpel ihrer Augen schweigend und mitleidslos sein Bild widerspiegeln.

«Ich geh schon», sagt sie, als sei sie schon dort, und sein Herz zieht sich zusammen. Er kann nur mit der Faust auf sie einschlagen und sie noch einmal zu Boden strecken, in den Dreck. Aus ihren verschwollenen Augen schaut sie zu ihm auf, und er sieht, daß ihre Bluse, naß und schlüpfrig vom Regen, vollständig von ihren Schultern gerutscht ist und ihre hohen jungen Brüste bloßliegen. Er umschließt sie mit den Händen und beginnt ein langsames Drehen. Das Gebell der Hunde in seinen Ohren bringt ihn zur Raserei, und plötzlich brennt er in unbeschreiblichem Verlangen. In seiner Qual dreht er das Mädchen von sich weg, wie man seinen eigenen Arm abreißt, und die raschen Hiebe seines Messers hinterlassen zwei blutende Krater von Pampelmusengröße auf ihrer bloßen bronzefarbenen Brust und das, was er in seinen Händen findet, wirft er den jaulenden Hunden vor.

Erinnerungen an einst
Beständig und still
Wie ein Spiegel

Heute sitzt er zusammengesunken, mit dem Gesicht zur Straße, in demselben Stuhl. Der gelbe Schulbus wirbelt im Vorbeifahren rote Staubwolken auf. Wenn er sich rührt, sieht er vielleicht *Daughter,* die leichtfüßig die rote unbefestigte Straße entlangschlendert, mit ihrem dunklen schulterlangen Haar und die Augen aufmerksam auf Butterblumen und einzelne Schwarzäugige Susannen am Wegesrand gerichtet. Wenn er sich rührt, sieht er vielleicht sein eigenes Kind, eine Schwarzäugige Susanne aus der Erde, auf der sie geht. Eine schlanke, schöne Blume, die überall wächst; und Blumen kennen weder Treue noch Gehorsam. Wenn er sich rührt, sieht er vielleicht die Vollendung eines uralten Traums, seines eigenen Alptraums; die Antwort auf die Frage, die noch immer getuschelt wird, unerläutert. Wenn er sich rührt, spürt er vielleicht das energische Surren der Wespen um seinen Kopf und denkt an reife Spätsommertage und die Zeit, wenn der Duft die Lüfte in einen Garten verwandelt. Wenn er sich rührt, könnte er sich den Schmutz der Mistbienen aus den erstarrten Augen wischen. Wenn er sich rührt, könnte er das schwere leere Gewehr nehmen und auf seinen Knien hin und her wiegen wie ein Baby.

Für jeden Tag

Deiner Grandma gewidmet

Ich werde im Hof auf sie warten. Den haben Maggie und ich gestern nachmittag sauber gekehrt und gerecht. So ein Hof ist gemütlicher, als die meisten Leute ahnen. Das ist nicht bloß ein Hof. Das ist wie ein erweitertes Wohnzimmer. Wenn der harte Lehm so sauber gefegt ist wie ein Fußboden und der feine Sand an den Rändern mit winzigen, unregelmäßigen Furchen durchzogen, dann kann da jeder Besuch sitzen und in die Ulme hinaufschauen und auf die frische Brise warten, die nie nach drinnen ins Haus kommt.

Maggie wird sich erst beruhigen, wenn ihre Schwester wieder weg ist. Sie wird sich in ihrer unscheinbaren Art in den Ecken herumdrücken und sich schämen mit ihren Brandnarben an Armen und Beinen und ihre Schwester mit einer Mischung von Neid und Ehrfurcht anstarren. Sie glaubt, daß die Schwester das Leben immer mit links gemeistert hat, daß die Welt ihr nie ein Nein entgegenzusetzen hatte.

Du kennst doch sicher diese Fernseh-Shows, in denen das Kind, das es «zu etwas gebracht hat», plötzlich die eigenen Eltern mit zitternden Knien ins Studio wanken sieht – das soll dann eine Überraschung sein. (Eine angenehme natürlich: Was würden sie wohl tun, wenn Eltern und Kind ihren Auftritt nur dazu benutzen, sich gegenseitig zu beschimpfen und zu beleidigen?) Im Fernsehen umarmen sich Mutter und Kind und sehen sich lächelnd an. Manchmal heulen

Mutter und Vater, und das Kind nimmt sie in die Arme und beugt sich über den Tisch, um allen zu erzählen, daß sie es nie geschafft hätte, wenn die Eltern ihr nicht geholfen hätten. Ich kenne diese Sendungen.

Manchmal seh ich im Traum, wie Dee und ich uns plötzlich in so einer Fernseh-Show gegenüberstehen. Aus einer dunklen Limousine mit weichen Polstersitzen werde ich in einen hellerleuchteten Raum voller Menschen geleitet. Dort kommt ein lächelnder, grauhaariger, sportlicher Mann wie Johnny Carson auf mich zu, der schüttelt mir die Hand und erzählt mir, was meine Tochter für ein Prachtkerl ist. Dann sind wir auf der Bühne, und Dee hat Tränen in den Augen und umarmt mich. Sie steckt mir eine große Orchidee ans Kleid, und das, obwohl sie mir mal erzählt hat, daß sie Orchideen affig findet.

Im richtigen Leben bin ich groß und grobknochig und habe rauhe Hände, die an Männerarbeit gewöhnt sind. Im Winter hab ich im Bett Flanellnachthemden an und tagsüber Overalls. Ich kann ein Schwein genauso mitleidslos schlachten und ausnehmen wie jeder Mann. Mein Fett hält mich warm, auch bei Temperaturen um Null. Ich kann den ganzen Tag draußen arbeiten und Löcher ins Eis hacken, damit ich Wasser zum Waschen hab; ich kann Schweineleber essen, die auf offenem Feuer gebraten und erst ein paar Minuten zuvor dampfend aus dem Schwein geholt worden ist. Einmal hab ich im Winter einem Stierkalb mit dem Vorschlaghammer auf den Schädel gehauen, genau zwischen die Augen, und noch vor Einbruch der Dunkelheit hing das Fleisch zum Kühlen draußen. Aber das alles sieht man im Fernsehen natürlich nicht. Da bin ich so, wie meine Tochter mich gern hätte: fünfzig Kilo leichter und mit einer Haut wie ein roher Gerstenpfannkuchen. Die heißen, hellen Lampen lassen mein Haar glänzen. Johnny Carson muß zusehen, daß er mit meinem flotten Mundwerk mithalten kann.

Daß da was nicht stimmt, weiß ich schon vor dem Aufwachen. Hat man je von einem aus der Familie Johnson mit flottem Mundwerk gehört? Kann man sich überhaupt vorstellen, daß ich einem fremden weißen Mann in die Augen sehe? Soviel ich weiß, hab ich nie anders mit denen gesprochen als mit einem Bein auf der Flucht und den Kopf so gedreht, daß er möglichst weit weg ist von ihnen. Anders Dee. Sie hat immer allen in die Augen geguckt. Zurückhaltung war nie ihre Sache.

«Wie seh ich aus, Mama?» fragt Maggie und läßt gerade so viel von ihrer dünnen Gestalt in rosa Rock und roter Bluse sehen, daß ich weiß, sie ist da, wenn auch fast ganz hinter der Tür versteckt.

«Komm raus in den Hof», sage ich.

Weißt du, wie sich ein lahmes Tier – sagen wir mal ein Hund, den einer im Tran angefahren hat, einer der reich genug ist, daß er sich ein Auto leisten kann –, wie also so ein Hund sich an jemand ranmacht, der dumm genug ist, ihn nett zu behandeln? Genauso bewegt sich meine Maggie vorwärts. Das Kinn auf die Brust gedrückt, die Augen niedergeschlagen, die Füße nachschleppend – so läuft sie rum seit dem Feuer, bei dem das andere Haus abgebrannt ist.

Dee ist hellhäutiger als Maggie, hat schöneres Haar und eine vollere Figur. Sie ist mittlerweile eine Frau, aber manchmal vergesse ich das. Wie lange ist das jetzt her, daß das andere Haus brannte? Zehn, zwölf Jahre? Manchmal hör ich noch die Flammen und spüre, wie Maggies Arme sich an mich klammern, und ihr Haar raucht und das Kleid fällt ihr vom Körper in kleinen schwarzen Flocken wie Papier. Ihre Augen scheinen auseinandergezogen, aufgerissen von den Flammen, die sich darin spiegeln. Und dann Dee. Ich seh sie abseits stehen unter dem Amberbaum, aus dem sie immer das Harz gezapft hat; konzentriert sah sie zu, wie das letzte schmutziggraue Brett des Hauses gegen den rotglühenden Ziegelkamin fiel. Warum machst du nicht einen Tanz um die Asche herum? wollte ich sie fragen. Sie hatte das Haus so gehaßt.

Ich dachte immer, daß sie Maggie auch haßt. Aber das war, bevor wir das Geld aufbrachten, die Kirche und ich, um sie nach Augusta in die Schule zu schicken. Sie pflegte uns erbarmungslos vorzulesen; Wörter, Lügen, die Gewohnheiten anderer Leute, ganze Lebensgeschichten zwang sie uns beiden auf, und wir saßen dumm und ihrer Stimme ausgeliefert da. Sie wusch uns in einem Fluß von Hirngespinsten, brannte uns mit einem Haufen Wissen, das für uns ziemlich nutzlos war. Durch den Ernst, mit dem sie las, zog sie uns an sich, um uns wie die Halbidioten genau dann wegzustoßen, wenn wir anfingen, etwas zu begreifen.

Dee wollte schöne Sachen. Ein gelbes Organdykleid für die Abschlußfeier an der High-School; schwarze Pumps zu einem grünen Kostüm, das sie sich aus einem alten Kostüm nähte, das jemand mir geschenkt hatte. Sie war entschlossen, alles, was sich ihren Anstrengungen in den Weg stellte, mit den Blicken zu töten. Sie konnte einen minutenlang anstarren, ohne zu zwinkern. Dann hätte ich sie gern geschüttelt. Mit sechzehn hatte sie ihren eigenen Stil: und sie wußte, was Stil war.

Ich selber hab nie eine richtige Bildung gehabt. Nach der zweiten Klasse wurde die Schule geschlossen. Frag mich nicht warum: 1927 haben Farbige weniger Fragen gestellt als heute. Manchmal liest mir Maggie etwas vor. Gutmütig holpert sie sich durch, obwohl sie schlecht sieht. Sie weiß, daß sie nicht so gescheit ist. Wie Schönheit und Geld ist ihr eine schnelle Auffassungsgabe auch versagt geblieben. Bald heiratet sie John Thomas (der ein ernstes Gesicht hat mit Mooszähnen drin), und dann bin ich frei und kann hier herumsitzen und, so sehe ich das, mir selber Kirchenlieder vorsingen. Dabei konnte ich noch nie gut singen. Hab nie die Melodie halten können. Männerarbeit hat mir immer mehr gelegen. Ich hab gerne gemolken, bis ich 1949 den Tritt in die Seite gekriegt hab. Kühe beruhigen, sie sind langsam und machen dir keinen Ärger, außer du versuchst, sie anders zu melken, als sie es gewohnt sind.

Ich sitze absichtlich mit dem Rücken zum Haus. Es hat drei Zimmer, genau wie das, was abgebrannt ist, nur daß das Dach aus Blech ist; Schindeldächer werden heute nicht mehr gemacht. Es gibt keine richtigen Fenster, nur ein paar Löcher an den Seiten, wie die Bullaugen bei einem Schiff, aber nicht rund und auch nicht quadratisch, und die Fensterläden sind draußen mit Lederbändchen festgemacht. Dies Haus steht auch auf einer Weide, genau wie das andere. Kein Zweifel, Dee wird es abreißen wollen, wenn sie es sieht. Sie hat mir mal geschrieben, daß sie uns auf jeden Fall besuchen kommt, egal, wo wir unseren «Wohnort wählen». Aber ihre Freunde würde sie nie mitbringen. Maggie und ich haben darüber nachgedacht, und da hat Maggie mich gefragt: «Aber Mama, wann hat Dee denn mal Freunde gehabt?»

Ein paar hatte sie schon. Verschlagene Jungs in rosa Hemden, die am Waschtag nach der Schule hier herumhingen. Nervöse Mädchen, die nie lachten. Die ließen sich von ihr beeindrucken und himmelten ihre geschraubten Sätze an, ihre tolle Figur, ihren beißenden Humor, der aus ihr rausbrach wie Blasen in der Seifenlauge. Denen hat sie auch vorgelesen.

Als sie mit Jimmy T. ging, hatte sie für uns nicht viel Zeit übrig, sondern tobte ihre Kritiksucht ganz an ihm aus. Er hat dann *fluchtartig* ein billiges Mädchen aus der Stadt geheiratet, aus einer dummen und protzigen Familie. Sie hat's kaum geschafft, sich wieder einzukriegen.

Wenn sie kommt, werd ich – aber da sind sie ja!

Maggie versucht ins Haus zu springen, schlurfend wie

immer, aber ich halte sie mit der Hand zurück. «Komm wieder her», sag ich. Und sie bleibt stehen und gräbt mit dem Zeh einen Brunnen in den Sand.

Bei der starken Sonne ist es schwer, sie gleich zu erkennen. Aber als das erste Stückchen Bein aus dem Auto guckt, weiß ich, es ist Dee. Schon immer haben ihre Füße so elegant ausgesehen, wie wenn Gott sie persönlich geformt und ihnen Stil gegeben hätte. Auf der anderen Seite kommt ein stämmiger, untersetzter Mann aus dem Auto. Sein ganzer Kopf ist voller Haare, fast einen halben Meter lang, und von seinem Kinn hängt es auch wie ein krauser Eselsschwanz. Ich höre, wie Maggie nach Luft schnappt. Es hört sich an wie «Uhnnnh». Wie wenn du auf der Straße direkt vor deinem Fuß den zuckenden Schwanz von einer Schlange siehst. «Uhnnnh.»

Und dann Dee. Ein Kleid bis auf den Boden, bei dieser Hitze. So grell, daß es meinen Augen weh tut. Genug Gelb und Orange, um das Sonnenlicht auszustechen. Ich spüre, wie mein ganzes Gesicht sich aufheizt von den Hitzewellen, die es ausstrahlt. Die Ohrringe, auch golden, hängen ihr bis auf die Schultern. Mit Armreifen behängt, die klingeln, als sie den Arm hebt, um die Falten vom Kleid unter den Armen loszuschütteln. Das Kleid ist locker und schwingt, und als sie näher kommt, gefällt es mir. Wieder höre ich Maggie «Uhnnnh» machen. Es ist das Haar von ihrer Schwester. Es steht nach oben, wie die Wolle bei einem Schaf. Es ist schwarz wie die Nacht, und an den Seiten sind zwei lange Zöpfe, die sich kringeln wie kleine Eidechsen und dann hinter den Ohren verschwinden.

«Wa-su-zo-Tean-o!» sagt sie, und schwebt in ihrem Kleid näher. Der stämmige, untersetzte Kerl mit dem Haar bis zum Bauchnabel grinst übers ganze Gesicht und folgt ihr mit «Asalamalakim, Mutter und Schwester!». Er versucht Maggie zu umarmen, aber sie fällt nach hinten, direkt an meine Stuhllehne. Da spüre ich ihr Zittern, und als ich hochschaue, sehe ich Schweiß von ihrem Kinn tropfen.

«Brauchst nicht aufstehen», sagt Dee. Bei meinem Körperbau brauch ich dazu schon ziemlich Kraft. So ein, zwei Sekunden schieb ich mich hin und her, bis es klappt. Sie dreht sich um, wobei man ihre weißen Fersen in den Sandalen sieht, und geht zum Auto zurück. Dann guckt sie mit einer Polaroidkamera wieder raus. Sie bückt sich schnell und macht ein Bild nach dem anderen, wie ich da vor dem Haus sitze und Maggie sich hinter mir verkriecht. Sie macht kein Bild, ohne sicher zu sein, daß das Haus mit drauf ist. Als eine Kuh kommt und am Rand vom Hof Gras zupft, knipst sie die Kuh und mich und Maggie *mitsamt* dem Haus. Dann legt sie die Kamera auf den Rücksitz vom Auto und kommt und küßt mich auf die Stirn.

Unterdessen macht Asalamalakim ein Spielchen mit Maggies Hand. Maggies Hand ist schwammig wie ein Fisch und womöglich auch so kalt, obwohl sie schwitzt, und sie versucht sie immer wieder zurückzuziehen. Es sieht aus, wie wenn Asalamalakim ihr die Hand geben will, aber ganz besonders schick. Oder er weiß einfach nicht, wie man das macht. Jedenfalls gibt er es bald auf mit Maggie.

«Tja», sag ich. «Dee.»

«Nein, Mama», sagt sie. «Nicht ‹Dee› – Wangero Leewanika Kemanjo!»

«Was ist mit ‹Dee›?» wollte ich wissen.

«Die ist tot», sagte Wangero. «Ich konnte es nicht mehr ertragen, so zu heißen wie die Leute, die mich unterdrücken.»

«Du weißt so gut wie ich, daß du nach deiner Tante Dicie heißt», sagte ich. Dicie ist meine Schwester. Zu der haben wir immer Dee gesagt. Als Dee geboren war, nannten wir sie «Big Dee».

«Aber nach wem heißt sie?» fragte Wangero.

«Nach Grandma Dee, denk ich», sagte ich.

«Und nach wem hieß die?» fragte Wangero.

«Nach ihrer Mutter», sagte ich und merkte, daß Wangero langsam die Lust verlor. «Viel weiter kann ich's nicht zurückverfolgen», sagte ich. Obwohl, in Wirklichkeit hätte ich womöglich weitermachen können bis vor dem Bürgerkrieg, durch alle Zweige der Familie.

«Tja», sagte Asalamalakim, «da hast du's.»

«Uhnnnh», hörte ich Maggie sagen.

«Gar nichts hab ich», sagte ich, «und bis ‹Dicie› in unserer Familie aufgetaucht ist, hab ich auch nichts gehabt, warum sollte ich's dann so weit zurückverfolgen?»

Er stand da und grinste und schaute auf mich runter wie einer, der ein vorsintflutliches Auto inspiziert. Ab und zu tauschte er mit Wangero über meinen Kopf weg bedeutsame Blicke.

«Wie spricht man den Namen aus?» fragte ich.

«Du brauchst mich nicht so zu nennen, wenn du nicht willst», sagte Wangero.

«Wieso nicht?» fragte ich. «Wenn du willst, daß wir dich so nennen, dann nennen wir dich so.»

«Ich weiß, am Anfang klingt es vielleicht kompliziert.»

«Ich werd mich dran gewöhnen», sagte ich. «Kannst du ihn noch mal runterrasseln?»

Na ja, das mit dem Namen hatten wir bald. Der von Asalamalakim war doppelt so lang und dreimal so knifflig. Nachdem ich mir zwei-, dreimal die Zunge dran abgebrochen hatte, meinte er, ich soll ihn einfach Hakim-Bar-bier nennen. Ich wollte ihn fragen, ob er wirklich Barbier ist, aber eigentlich glaubte ich es nicht, und so hab ich lieber nicht gefragt.

«Du gehörst sicher zu den Leuten unten an der Straße mit den Rindern», sagte ich. Die sagen auch «Asalamalakim», wenn sie dich sehen, aber die Hand geben sie dir nicht. Die haben immer zu viel zu tun: Vieh füttern, Zäune reparieren, Salzlecken versorgen, Heu aufschütten. Als die Weißen einen Teil der Herde vergiftet haben, sind die Männer die ganze Nacht aufgeblieben, mit dem Gewehr in der Hand. Anderthalb Meilen bin ich gelaufen, bloß um das zu sehen.

Hakim-Bar-bier sagte: «Ich akzeptiere ihre Lehren zum Teil, aber Landwirtschaft und Viehzucht ist nicht mein Stil.» (Sie haben mir nicht gesagt, und ich hab auch nicht gefragt, ob Wangero [Dee] ihn wirklich und wahrhaftig geheiratet hat.)

Wir setzten uns zum Essen, und er sagte gleich, Kohl ißt er nicht und Schweinefleisch ist unrein. Wangero dagegen verputzte Kutteln und Maisbrot und Gemüse und alles andere. Bei den Süßkartoffeln quasselte sie wie ein Wasserfall. Von allem war sie begeistert. Sogar davon, daß wir immer noch die Bänke benutzen, die ihr Daddy für den Tisch gemacht hat, als wir uns keine Stühle kaufen konnten.

«Oh, Mama!» rief sie. Und dann zu Hakim-Bar-bier: «Ich wußte gar nicht, wie wunderbar diese Bänke sind. Man kann die Sitzabdrücke fühlen.» Dabei tastete sie mit den Händen über ihren Platz und die Bank entlang. Dann atmete sie tief, und ihre Hand schloß sich um Grandma Dees Butterdose. «Jawohl!» sagte sie. «Ich wußte doch, daß da was war, um das ich euch bitten wollte.» Sie sprang vom Tisch auf und ging rüber zu der Ecke, wo das Butterfaß stand mit der Buttermilch drin. Und schaute und schaute das Butterfaß an. «Dieser Deckel, den brauch ich», sagte sie. «Hat den nicht Onkel Buddy aus einem Baum geschnitzt, den ihr mal hattet?»

«Ja», sagte ich.

«Mh hm», sagte sie strahlend. «Und den Stößel möcht ich auch.»

«Auch von Onkel Buddy geschnitzt?» fragte der Barbier.

Dee (Wangero) sah mich an.

«Den Stößel hat Tante Dees erster Mann geschnitzt», sagte Maggie so leise, daß man sie kaum hören konnte. «Er hieß Henry, aber alle nannten ihn Stash.»

«Maggie hat ein Gedächtnis wie ein Elefant», sagte Wangero lachend.

«Den Deckel kann ich als Tafelaufsatz für den Tisch in der Nische nehmen», sagte sie und schob einen Teller auf das Butterfaß, «und für den Stößel laß ich mir auch was Künstlerisches einfallen.»

Als sie den Stößel eingepackt hatte, guckte der Griff noch raus. Ich nahm ihn einen Moment in die Hände. Man brauchte noch nicht mal nah ranzugehen, um zu sehen, wo eine Art Delle im Holz entstanden war, von den Händen, die den Stößel zum Buttern auf und ab bewegt hatten. Eigentlich waren da viele kleine Dellen; man konnte erkennen, wo sich Daumen und Finger in das Holz eingedrückt hatten. Es war schönes hellgelbes Holz von einem Baum auf dem Hof, wo Big Dee und Stash gewohnt hatten.

Nach dem Essen ging Dee (Wangero) zu der Truhe am Fußende von meinem Bett und fing an, drin rumzuwühlen. Maggie verdrückte sich in die Küche mit dem Abwasch. Da tauchte Wangero mit zwei Quilts wieder auf. Die waren noch von Grandma Dee zusammengesetzt worden, und dann hatten ich und Big Dee sie auf der vorderen Veranda auf die Quiltrahmen gespannt und gesteppt. Einer war im «Lone Star»-Muster, der andere «Walk Around the Mountain». Beide hatten Flicken von Kleidern, die Grandma Dee vor mindestens fünfzig Jahren getragen hatte. Kleine Stückchen von Grandpa Jarrells Hemden mit Paisleymuster. Und ein winziges Stückchen verschossenes Blau, so groß wie eine Streichholzschachtel, das stammte von Urgroßvater Ezras Uniform aus dem Bürgerkrieg.

«Mama», flötete Wangero zuckersüß. «Kann ich diese alten Quilts haben?»

Ich hörte in der Küche etwas runterfallen, und eine Minute später schlug die Küchentür zu.

«Warum nimmst du nicht ein oder zwei von den anderen?» fragte ich. «Diese alten Dinger haben ich und Big Dee aus den halbfertigen Quilts gemacht, die deine Grandma noch zusammengesetzt hat, bevor sie starb.»

«Nein», sagte Wangero. «Die anderen will ich nicht. Die sind an den Kanten mit der Maschine genäht.»

«Dadurch halten sie besser», sagte ich.

«Darum geht es nicht», sagte Wangero. «Die hier sind ganz aus Flicken von Grandmas Kleidern. Das alles hat sie mit der Hand genäht. Stell dir das mal vor!» Sie hielt die Quilts fest umklammert und streichelte sie.

«Ein paar Flicken, wie die lavendelfarbenen da, stammen von alten Sachen, die sie von ihrer Mutter geerbt hat», sagte ich und ging auf sie zu, um die Quilts anzufassen. Dee (Wangero) wich genau so weit zurück, daß ich nicht an die Quilts kam. Sie gehörten bereits ihr.

«Stell dir das mal vor!» hauchte sie noch einmal und preßte sie fest an ihren Busen.

«Die Wahrheit ist», sagte ich, «die Quilts da hab ich Maggie versprochen, wenn sie John Thomas heiratet.»

Sie schnappte nach Luft, wie wenn eine Biene sie gestochen hätte.

«Maggie kann diese Quilts gar nicht würdigen!» sagte sie. «Die ist so rückständig und nimmt sie womöglich für jeden Tag.»

«Das will ich meinen», sagte ich. «Gott weiß, ich hab sie schon viel zu lang geschont, und keiner konnte sie benutzen. Ich hoffe, daß sie es tut!» Ich wollte nicht davon anfangen, daß ich Dee (Wangero) einen Quilt angeboten hatte, als sie wegging aufs College. Damals hatte sie mir gesagt, die sind altmodisch, die hat man nicht mehr.

«Aber sie sind *unbezahlbar*!» Das sagte sie jetzt, wütend; sie ist nämlich jähzornig. «Maggie würde sie glatt aufs Bett legen, und in fünf Jahren sind das nur noch Fetzen. Wenn nicht schon früher!»

«Sie kann sich immer noch neue machen», sagte ich. «Maggie weiß, wie man Quilts macht.»

Dee (Wangero) sah mich haßerfüllt an. «Du willst das einfach nicht verstehen. Es geht um diese Quilts, *diese* Quilts!»

«Na», sagte ich, perplex. «Was würdest *du* denn mit ihnen machen?»

«Aufhängen», sagte sie. Wie wenn das das einzige wäre, was man *überhaupt* mit Quilts machen kann.

Maggi war inzwischen an der Tür. Ich konnte beinahe das Geräusch ihrer Füße hören, die sie aneinanderrieb. «Sie kann sie haben, Mama», sagte sie, wie eine, die schon lange nicht mehr erwartet, jemals was zu gewinnen oder für sich allein zu haben. «Ich kann auch ohne die Quilts an Grandma Dee denken.»

Ich sah sie scharf an. Sie hatte sich eine Prise Checkerberry-Snuff hinter die Unterlippe gestopft, und das gab ihr eine benebelte Armesündermiene. Sie hatte von Grandma Dee und Big Dee gelernt, wie man Quilts macht. Jetzt stand sie da und versteckte die Hände mit den Brandmalen in ihren Rockfalten. Sie sah ihre Schwester an mit so was wie Furcht, aber sie war ihr nicht böse. Das war Maggies Los. Es war das Walten Gottes, wie sie es kannte.

Als ich sie so sah, schlug etwas bei mir oben im Kopf ein und lief bis zu den Fußsohlen runter. Genauso, wie wenn ich in der Kirche sitze und der Geist Gottes rührt mich an und ich fühl mich glücklich und schrei es laut raus. Ich tat etwas, was ich noch nie getan hatte: Ich drückte Maggie an mich, dann zog ich sie ins Zimmer rein, riß Miss Wangero die Quilts aus den Händen und warf sie Maggie in den Schoß. Maggie saß da auf meinem Bett mit offenem Mund.

«Nimm ein oder zwei von den anderen», sagte ich zu Dee.

Aber sie drehte sich um ohne ein Wort und ging raus zu Hakim-Bar-bier.

«Du hast einfach keine Ahnung», sagte sie, als Maggie und ich zum Auto kamen.

«Wovon hab ich keine Ahnung?» wollte ich wissen.

«Vom Erbe deines Volkes», sagte sie. Und dann drehte sie sich um zu Maggie, küßte sie und sagte: «Du solltest auch versuchen, etwas aus dir zu machen, Maggie. Ein neuer Tag ist angebrochen für uns, wirklich. Aber so wie ihr lebt, du und Mama, kapiert ihr das nie.»

Sie setzte eine Sonnenbrille auf, die alles verdeckte außer ihrer Nasenspitze und dem Kinn.

Maggie lächelte; vielleicht über die Sonnenbrille. Aber ein richtiges Lächeln, nicht ängstlich. Wir sahen zu, wie sich der Staub von dem Auto legte, und dann bat ich Maggie, mir eine Prise Snuff zu bringen. Und dann saßen wir beide da und machten es uns gemütlich, bis es Zeit war, ins Haus zu gehen und sich schlafen zu legen.

Die Rache
der Hannah Kemhuff

In dankbarer Erinnerung
an Zora Neale Hurston

Zwei Wochen nachdem ich bei *Tante Rosie* meine Lehre angefangen hatte, suchte uns eine sehr alte Frau auf, die in ein halbes Dutzend Röcke und Schals gewickelt, verpackt, fast vergraben war. *Tante Rosie* sagte zu der Frau, sie sähe ihren Namen, Hannah Kemhuff, vor sich in die Luft geschrieben. Weiter sagte sie der Frau auf den Kopf zu, daß sie dem *Order of the Eastern Star** angehöre.

Die Frau war verblüfft. (Und ich auch! Später erfuhr ich allerdings, daß *Tante Rosie* ausführliche Unterlagen über fast jedermann im Land besaß und diese in langen Kartons unter ihrem Bett aufbewahrte.) Rasch fragte Mrs. Kemhuff, was *Tante Rosie* ihr noch sagen könne.

Tante Rosie hatte einen riesigen Wasserbehälter auf dem Tisch vor sich, wie ein Aquarium, nur waren keine Fische drin. Er enthielt nichts als klares Wasser, und mir ist es nie gelungen, irgend etwas darin zu erkennen. *Tante Rosie* dagegen wohl. Während die Frau wartete, spähte *Tante Rosie* tief in den Wasserbehälter. Bald darauf sagte sie, das Wasser spreche jetzt zu ihr und sage ihr, daß die Frau nicht alt sei, obwohl sie so aussähe. Mrs. Kemhuff sagte, das stimme, und war gespannt, ob *Tante Rosie* auch den Grund dafür kannte, daß sie so alt aussah. *Tante Rosie* sagte, nein, sie kenne ihn nicht, und fragte, ob sie uns davon erzählen wolle. (Zuerst war es Mrs. Kemhuff offenbar nicht recht, daß

---

* Eine Frauenorganisation, die sich um soziale und kulturelle Belange kümmert.

66

ich dabei war, aber *Tante Rosie* erklärte, daß ich die Wurzelhexerei lernen wolle, und sie nickte, ja, das verstehe sie, und es sei ihr recht.) Ich machte mich an der Ecke von *Tante Rosies* Tisch so klein ich konnte und lächelte sie freundlich an, um ihr die Verlegenheit und Angst zu nehmen.

«Es war während der Weltwirtschaftskrise», begann sie, setzte sich auf ihrem Stuhl zurecht und ordnete ihre Tücher. Sie hatte so viele um, daß ihr Rücken ganz bucklig aussah.

«Richtig», sagte *Tante Rosie,* «und Sie waren jung und hübsch.»

«Woher wissen Sie das?» rief Mrs. Kemhuff. «Ja, ja, das stimmt. Ich war schon fünf Jahre verheiratet und hatte vier kleine Kinder und einen Mann, der seine Augen kräftig schweifen ließ. Aber weil ich jung geheiratet hatte . . .»

«Sie waren ja selbst fast noch ein Kind», sagte *Tante Rosie.*

«Ja», sagte Mrs. Kemhuff. «Kaum zwanzig Jahre war ich alt. Und es waren schlechte Zeiten überall im Land und, glaub ich, überall auf der Welt. Damals hatte natürlich noch keiner Fernsehen, deshalb wußten wir das nicht. Ich weiß nicht mal, ob es schon erfunden war. Vor der Wirtschaftskrise hatten wir jedenfalls ein Radio, das hatte mein Mann beim Pokern gewonnen, aber irgendwann haben wir's dann verkauft, um was zu essen zu kriegen. Na, jedenfalls lebten wir, solang wir konnten, von dem Geld, das ich heimbrachte als Köchin in einer Sägemühle. Ich kochte für zwanzig Mann Kohl und Maisbrei und kriegte zwei Dollar die Woche dafür. Aber dann machte die Sägemühle zu, und mein Mann hatte schon eine Zeitlang keine Arbeit mehr. Wir waren am Verhungern. Wir hatten solchen Hunger, und die Kinder wurden so schwach, und als ich die letzten Blätter von den Kohlstrünken abgepflückt hatte, da konnte ich nicht warten, bis die neuen wuchsen. Ich grub die Pflanzen mitsamt den Wurzeln aus. Und als wir die gegessen hatten, war nichts mehr da.

Wie gesagt, man konnte nicht wissen, ob überall auf der Welt schlimme Zeiten waren, weil wir ja damals kein Fernsehen hatten. Und das Radio hatten wir verkauft. Jetzt war es aber so, daß alle, die wir in Cherokee County kannten, auch ziemlich in Not waren. Und darum schickte die Regierung Lebensmittelmarken, die konnte man kriegen, wenn man beweisen konnte, daß man am Verhungern war. Mit ein paar von den Marken konnte man in die Stadt zu einer Stelle gehen, die es da gab, und soundso viel Fett dafür kriegen, soundso viel Maismehl und soundso viel, ich glaube, rote Bohnen waren das. Und ich sag ja, wir waren inzwischen schon ganz verzweifelt. Und mein Mann, der hat Druck gemacht, daß wir hingehen. Ich wollte nicht, weil, ich hab schon immer meinen Stolz gehabt. Mein Vater war nämlich einer der größten farbigen Erdnußfarmer in Cherokee County, und nie haben wir jemand um was bitten müssen.

Also gut, in der Zwischenzeit war folgendes passiert: Meine Schwester, Carrie Mae –»

«Ein zähes Mädchen, wenn ich mich recht erinnere», sagte *Tante Rosie*.

«Ja», sagte Mrs. Kemhuff, «gescheit war sie und hatte Schwung. Also, die wohnte damals im Norden. In Chicago. Da hat sie bei weißen Leuten gearbeitet, die waren nett zu ihr und haben ihr immer ihre alten Kleider gegeben, damit sie sie uns herschicken konnte. Und ich sag Ihnen, das waren schöne Sachen. Und ich war froh, daß ich sie kriegte. Und weil es nun richtig kalt wurde, da haben wir, ich und mein Mann und die Kinder, diese Kleider angezogen. Denn sehn Sie mal, die waren ja da oben im Norden gemacht, daß man sie da anzieht, wo's schneit, und warm waren die wie ein Backofen.»

«Ist Carrie Mae nicht später von einem Gangster ermordet worden?» fragte *Tante Rosie*.

«Ja, ja, stimmt», sagte die Frau, die unbedingt mit ihrer Geschichte weiterkommen wollte. «Er war ihr Mann.»

«Oh», sagte *Tante Rosie* leise.

«Ich putz uns also alle raus mit unsern neuen Sachen, und dann gehn wir allesamt mit knurrendem Magen los, um uns zu holen, was uns von der Regierung her zusteht, und bieten allen Stolz auf, den wir haben. Sogar mein Mann konnte stolz sein, wenn er die richtigen Kleider anhatte, und ich erst recht, wenn ich dran dachte, wie die Erdnußernte von meinem Vater uns immer über Wasser gehalten hatte, so hoch wie ich trug da keine den Kopf.»

«Ich sehe, wie auf diesem Weg ein bleicher und böser Schatten über Ihnen droht», sagte *Tante Rosie*, die in das Wasser spähte, als hätte sie einen Penny drin verloren, als wir grade mal nicht hinschauten.

«Kann man wohl sagen, daß der Schatten bleich und böse war», sagte Mrs. Kemhuff. «Als wir hinkamen, stand dort eine lange Schlange, und wir sahen alle unsere Freunde in der Schlange. Auf der einen Seite von dem großen Lebensmittelhaufen war die Schlange für Weiße – und in der Schlange standen auch ein paar ganz schön reiche Leute –, und auf der anderen Seite war die Schlange für Schwarze. Ich hab später hintenrum mitgekriegt, daß die Leute in der weißen Schlange Speck und Maismehl bekamen und Schrotmehl auch noch, aber das spielt jetzt hier keine Rolle. Folgendes ist jedenfalls passiert. Kaum daß unsere Freunde uns in unseren schönen, warmen Kleidern sahen, obwohl die getragen und abgelegt waren, da sagten sie gleich, wir wären verrückt, daß wir das anhätten. Und da fiel mir dann allmählich auf, daß alle Leute in der schwarzen Schlange sich Lumpen angezogen hatten. Sogar Leute, die zu Hause gute Sachen hatten, und von manchen wußte ich das genau. Was soll das wohl bedeuten? fragte ich meinen Mann. Aber er wußte es nicht. Der war so damit beschäftigt, wie ein Pfau rumzustolzieren, daß er gar nicht richtig aufpaßte. Aber mir wurde langsam fürchterlich angst. Das Baby hatte zu weinen angefangen, und die anderen Kleinen, die merkten, daß ich aufgeregt war, fingen auch an zu quengeln und zu jammern. Ich hatte meine liebe Not mit ihnen.

Jetzt war es so, daß mein Mann damals schon sehr nach anderen Frauen schielte und ich eine wahnsinnige Angst hatte, ihn zu verlieren. Er machte sich immer über mich lustig, daß ich hochnäsig und stolz wäre. Aber ich sagte, so muß man auch sein im Leben, und er sollte es auch probieren. Um keinen Preis wollte ich jetzt, daß er mich vor anderen Leuten kleinlaut und verlegen sah, weil ich genau wußte, dann würde er mich auf der Stelle verlassen.

So stand ich also da und hoffte nur, daß die Weißen, die die Lebensmittel austeilten, nicht merken würden, daß ich so gut angezogen war, oder wenn sie es merken würden, daß sie dann auch sehen würden, wie hungrig die Kleinen waren und wie jämmerlich wir alle dran waren. Meinen Mann sah ich ein Stück weiter bei der Frau stehen, mit der er heimlich ging. Die war angezogen wie eine Vogelscheuche. Nicht nur völlig zerfetzt, die war auch noch dreckig! Starrte vor Dreck, und ihr dreckiger Unterrock hing raus. Geschüttelt hat's mich, so schlimm sah die aus. Und mein Mann, der scharwenzelte um sie rum, und ich stand in der Schlange und hielt alle unsere vier Kinder fest. Ich denk, er wußte so gut wie ich, was die Frau daheim im Schrank hängen hatte. Die hatte schon immer schönere Kleider wie ich und schönere wie viele Weiße. Und zwar, weil es hieß, daß sie eine Hure war und Geld dafür nahm. Scheint's wollen die Leute das und zahlen auch dafür, sogar in einer Wirtschaftskrise!»

Einen Augenblick war es still, während Mrs. Kemhuff tief Atem schöpfte. Dann fuhr sie fort.

«Bald war ich dann dran und sollte von der jungen Dame am Ladentisch was kriegen. Ich roch schon die roten Bohnen in ihrer Nähe, und das Wasser lief mir im Mund zusammen nach einem Bissen von dem frischen Maisbrot. Stolz war ich ja, aber nicht wählerisch. Ich wollte nur was zu essen für mich und die Kinder. Ja, und da stand ich also, und die Kinder hingen an meinen Rockschößen, und ich riß mich zusammen, so gut ich konnte, und den ältesten Sohn ließ ich schön grade stehen, denn ich war ja gekommen, um zu holen, was mir zustand, nicht um zu betteln. Also wollte ich mich auch nicht wie eine Bettlerin aufführen. Na gut, jedenfalls muß ich Ihnen sagen, daß dieser Strich von einer Frau – riesige blaue Augen und gelbe Haare, sonst nix –, dieses kleine *Mädchen,* die nahm meine Marken und dann warf sie einen langen Blick auf mich und meine Kinder und meinen Mann da drüben – alle so aufgedonnert, hat sie wahrscheinlich gedacht –, und dann nahm sie meine Marken in die Hand und schaute sie an, wie wenn Dreck dran wäre, und dann gab sie sie einem alten Spieler, der hinter mir in der Schlange stand! ‹Ihr braucht nix zu essen, so wie ihr alle herausgeputzt seid, Hannah Lou›, sagte sie zu mir. ‹Aber Miss Sadler›, sagte ich, ‹meine Kinder sind hungrig!› – ‹Die sehen mir nicht hungrig aus›, sagte sie zu mir. ‹Geht jetzt weiter, vielleicht gibt's hier noch jemand, der wirklich unsere Hilfe braucht!› Die ganze Schlange hinter mir fing an zu lachen und zu kichern, und dieses weiße Püppchen grinste so hinter der vorgehaltenen Hand. Dem alten Spieler gab sie doppelt soviel, wie er sonst gekriegt hätte. Und ich und meine Kinder waren am Umkippen vor lauter Hunger.

Wie mein Mann und seine Liebste sahen und hörten, was da lief, fingen sie auch an zu lachen, und er beugte sich runter und nahm ihr Zeug, ganze Berge, so kam mir das damals vor, und half ihr, es in das Auto von irgend jemand zu laden, und dann fuhren sie zusammen los. Und das war so ungefähr das letzte, was ich von ihm gesehen habe. Und von ihr auch.»

«Sind die beiden nicht bei der Sturmflut, die Tunica City zerstört hat, von einer Brücke gespült worden?» fragte *Tante Rosie.*

«Ja», sagte Mrs. Kemhuff. «Damals hätt ich jemand wie Sie gut brauchen können, obwohl, wie's aussieht, war es ja gar nicht mehr nötig.»

«Und dann –»

«Und danach war es, wie wenn mein ganzer Lebensmut dahingeschwunden wäre. Ich und die Kinder wurden von jemand bis nach Hause mitgenommen, und ich torkelte herum wie betrunken und brachte sie ins Bett. Die Kinder waren lieb, und sie machten's mir nicht schwer, obwohl sie fast wahnsinnig wurden vor Hunger.»

Eine tiefe Traurigkeit überzog ihr Gesicht, das vorher still und teilnahmslos gewesen war.

«Eins nach dem andern wurde krank und starb. Obwohl der alte Spieler drei oder vier Tage später vorbeikam und mit uns teilte, was er noch übrig hatte. Er war drauf und dran gewesen, alles zu verspielen. Da hat Gott der Herr ihm befohlen, Mitleid mit uns zu haben, und weil er uns kannte und wußte, daß mein Mann mich verlassen hatte, sagte er, er wäre richtig froh, daß er uns helfen könnte. Aber es war schon reichlich spät, als ihm das einfiel, und die Kinder waren schon so elend. Denen konnte keiner mehr helfen außer dem Herrgott, und der hatte wohl andere Sachen im Kopf, zum Beispiel die Hochzeit von diesem Püppchen im nächsten Frühjahr.»

Jetzt sprach Mrs. Kemhuff mit zusammengebissenen Zähnen.

«Meine Seele hat diese Beleidigung nie verwunden, und mein Herz hat nie verwunden, daß mein Mann mich im Stich gelassen hat, und mein Körper hat nie verwunden, daß er schon fast verhungert war. In diesem Winter fing ich an zu welken, und mit jedem Jahr wurde ich gebrochener und verbrauchter als zuvor. Irgendwann in diesen Jahren war auch mein Stolz ganz und gar dahin, und da arbeitete ich eine Zeitlang in einem Bordell, nur um Geld zu verdienen, wie die Liebste von meinem Mann. Dann fing ich das

Trinken an, um zu vergessen, was ich tat, und bald brach ich zusammen und wurde mit einem Schlag alt, so alt wie Sie mich jetzt sehen. Und etwa vor fünf Jahren fing ich an, zur Kirche zu gehen. Ich ließ mich noch einmal bekehren, weil ich das Gefühl hatte, daß das erste Mal sich abgenutzt hatte. Aber ich komme nicht zur Ruhe. Immer noch hab ich Alpträume und muß von dem Püppchen träumen, und jedesmal spür ich in mir den Augenblick, als mein Lebensmut niedergetrampelt wurde, während alle dastanden und lachten, und sie stand da und grinste hinter den vorgehaltenen Händen.»

«Tja», sagte *Tante Rosie*. «Es gibt Wege, den Lebensmut wieder zusammenzuflicken, genau wie es Wege gibt, den Lebensmut zu brechen. Aber solche wie ich können nicht beides. Wenn ich die Bürde der Scham, die auf Ihnen liegt, wegnehme, muß ich sie auf irgendeine Weise jemand anderem auferlegen.»

«Mir liegt nichts dran, geheilt zu werden», sagte Mrs. Kemhuff. «Es reicht, daß ich die Scham all diese Jahre ertragen habe und daß mir meine Kinder und mein Mann genommen wurden von einer, die keine Ahnung von uns hatte. Ich kann noch leben, solange es sein muß, mit der Bitterkeit, die mir jeden Tag meines Lebens auf der Seele liegt. Aber ich könnte leichter sterben, wenn ich wüßte, daß, nach all den Jahren, mit dem Püppchen was passiert. Man kann doch nicht einfach zulassen, daß Gott sie diese ganzen Jahre über glücklich gemacht hat und mich elend. Was wär denn das für eine Gerechtigkeit? Das wäre doch ungeheuerlich.»

«Quälen Sie sich nicht, meine Schwester», sagte *Tante Rosie* sanft. «Durch die Gnade des Mann-Gottes habe ich Gewalt über viele Kräfte. Kräfte, die mir von der Höchsten selbst geschenkt worden sind. Wenn Sie die Augen des Feindes, die Sie in Ihren Träumen sehen, nicht mehr ertragen können, so wird der Mann-Gott, der durch Unser Aller

Große Mutter zu mir spricht, dafür sorgen, daß diese Augen weggefressen werden. Wenn die Hände Ihres Feindes Sie getroffen haben, können sie unbrauchbar gemacht werden.» *Tante Rosie* hielt ein Stückchen Metall in die Höhe, das einst glänzendes Zinn gewesen war. Jetzt war es pokkennarbig und schwärzlich und verrottete langsam.

«Sehen Sie dieses Metall?» fragte sie.

«Ja, ich sehe es», sagte Mrs. Kemhuff interessiert. Sie nahm es in die Hand und rieb daran.

«Das, was Sie an dem Püppchen zerstören wollen, wird genau so verrotten.»

Mrs. Kemhuff gab *Tante Rosie* das Metallstück zurück.

«Sie sind eine wahre Schwester», sagte sie.

«Reicht das?» fragte *Tante Rosie.*

«Ich würde alles dafür geben, wenn ich ihr Grinsen hinter den vorgehaltenen Händen zerstören könnte», sagte die Frau und zog eine zerrissene Brieftasche heraus.

«Die Hände oder den grinsenden Mund?» fragte *Tante Rosie.*

«Der Mund hat gegrinst, und die Hände haben das Grinsen versteckt», sagte Mrs. Kemhuff.

«Zehn Dollar für einen Körperteil, zwanzig für zwei», sagte *Tante Rosie.*

«Dann also den Mund», sagte Mrs. Kemhuff. «Den seh ich in meinen Träumen am deutlichsten.» Sie legte einen Zehndollarschein in *Tante Rosies* Schoß.

«Ich will Ihnen erklären, was wir machen», sagte *Tante Rosie,* wobei sie dicht an die Frau heranrückte und sanft auf sie einsprach wie ein Arzt auf einen Patienten. «Zuerst stellen wir ein Gebräu her, dessen Anwendung in unserem Metier eine lange Geschichte hat. Es ist eine Mischung aus Haar und abgeschnittenen Fingernägeln der betreffenden Person, ein bißchen von ihrem Wasser und Kot, ein Stückchen von einem Kleidungsstück, in dem ihr Geruch hängt, und ich denke, in diesem Fall könnten wir eine Prise

Gooberstaub hinzufügen; das heißt ein wenig Friedhofserde. Diese Frau wird Sie allerhöchstens ein halbes Jahr überleben.»

Ich dachte schon, die beiden Frauen hätten mich ganz vergessen, aber jetzt wandte sich *Tante Rosie* an mich und sagte: «Du wirst mit Mrs. Kemhuff nach Hause gehen. Sie braucht Unterweisung im Aufsagen des Fluchgebets. Du wirst ihr zeigen, wie man die schwarzen Kerzen präpariert und wie man den Tod für sein Eingreifen zu ihren Gunsten entlohnt.»

Dann ging sie hinüber zu dem Regal, das ihre vielfältigen Vorräte enthielt: Öle des Bösen und Glücksessenz, getrocknete Kräuter, Cremes, Pülverchen und Kerzen. Sie nahm zwei große schwarze Kerzen und legte sie Mrs. Kemhuff in die Hände. Dazu gab sie ihr ein kleines Tütchen mit einem Pulver und wies sie an, es auf ihrem Tisch wie auf einem Altar zu verbrennen und dabei das Fluchgebet zu sprechen. Ich sollte Mrs. Kemhuff zeigen, wie man die Kerzen in Essig taucht, um sie für ihre Zwecke zu reinigen.

Sie wies Mrs. Kemhuff an, neun Tage lang jeden Morgen und jeden Abend die Kerzen anzuzünden, das Pulver zu verbrennen, auf den Knien das Fluchgebet zu sprechen und all ihre Kräfte darauf zu konzentrieren, ihre Botschaft an den Tod und den Mann-Gott zu senden. Unser Aller Höchste Mutter nämlich konnte nur durch Bitten des Mann-Gottes angerührt werden. Auch *Tante Rosie* würde das Fluchgebet zur selben Zeit wie Mrs. Kemhuff sprechen, und gemeinsam, meinte sie, müßten die beiden Gebete, in Ehrfurcht gebetet, doch gewiß den Mann-Gott anrühren, und der würde seinerseits den Tod losketten, der schon gierig darauf wartete, sich auf das Püppchen zu stürzen. Doch ihr Tod würde langsam kommen, denn zuerst mußte der Mann-Gott alle Gebete anhören.

«Wir werden jene Teile von ihr, die wir sammeln, den Kot, das Wasser, die abgeschnittenen Fingernägel et cetera nehmen und sie an einer Stelle einpflanzen, wo sie Ihnen die besten Ergebnisse bringen. Innerhalb eines Jahres wird die Erde die Frau selbst los sein, so, wie Sie fast sofort ihr Grinsen los sein werden. Möchten Sie noch etwas anderes für nur zwei Dollar, was Sie schon heute glücklich macht?» fragte *Tante Rosie*.

Aber Mrs. Kemhuff schüttelte den Kopf. «Ich bin schon jetzt Kummer und Sorgen los, denn ich weiß, daß ihr Ende noch vor Jahresfrist kommen wird. Und was das Glück angeht: das verläßt einen, sobald man weiß, daß es käuflich ist. Ich werde nicht lange genug leben, um das Endergebnis Ihrer Arbeit zu erleben, *Tante Rosie*, aber mein Grab wird mir besser passen, wenn eine drin liegt, die wieder stolz sein kann, weil ein Unrecht wiedergutgemacht worden ist, und die deshalb stolz und gerade drin liegen kann in alle Ewigkeit.»

Und Mrs. Kemhuff drehte sich um und ging mit Haltung und Würde aus dem Zimmer. Es war, als hätte sie ihre Jugend zurückbekommen. Ihre Tücher lagen um sie wie eine stattliche Toga, und ihr weißes Haar schien Funken zu sprühen.

2

An den Mann-Gott: O Großer, mir ist von meinen Feinden böse Schmach angetan und Lästerliches und Unwahres ist mir angehängt worden. Meine guten Gedanken und ehrlichen Taten sind mir zu bösen Taten und unehrlichen Gedanken verkehrt worden. Mein Heim ist geringschätzig behandelt, meine Kinder sind verflucht und mißhandelt worden. Meine Lieben sind verleumdet und ihre Tugend ist angezweifelt worden. O Mann-Gott, ich bete zu dir, daß dies, worum ich bitte, meinen Feinden geschehe:

Möge der Südwind ihre Leiber sengen und welken lassen und möge er sich niemals mäßigen. Möge der Nordwind ihr

Blut erstarren und ihre Muskeln erlahmen lassen und sich niemals mäßigen. Möge der Westwind ihren Lebensodem fortblasen und ihr Haar nicht wachsen lassen, und mögen ihre Fingernägel abfallen und ihre Knochen zerbröckeln. Möge der Ostwind ihre Seelen verdunkeln und ihnen ihr Augenlicht nehmen und ihren Samen vertrocknen lassen, auf daß sie sich niemals mehren sollen.

Ich bete darum, daß die Väter und Mütter aus früheren Generationen nicht vor dem Großen Thron Fürbitte für sie leisten mögen, und die Schöße der Frauen sollen keine Frucht tragen, es sei denn von Fremden, und sie sollen aussterben. Ich bete darum, daß kommende Kinder schwach im Geiste und lahm in den Gliedern seien und daß sie selbst sie verdammen mögen, darum, daß sie ihnen den Lebensodem gegeben haben. Ich bete darum, daß Krankheit und Tod auf ewig mit ihnen seien und daß ihre weltlichen Güter nicht gedeihen und ihr Getreide sich nicht vermehren und ihre Kühe und ihre Schafe und ihre Schweine und all ihre lebenden Tiere des Hungers und Durstes sterben mögen. Ich bete darum, daß das Dach von ihrem Haus falle und daß der Regen, der Donner und der Blitz den innersten Winkel ihrer Behausung finden mögen und daß das Fundament zerbreche und die Fluten es zerschellen lassen. Ich bete darum, daß die Sonne ihre Strahlen nicht mildtätig auf sie lege, sondern auf sie herniederschlage und sie verbrenne und sie zerstöre. Ich bete darum, daß der Mond ihnen nicht Frieden gebe, sondern sie verspotte und sie schlechtmache und ihre Seelen schrumpfen lasse. Ich bete darum, daß ihre Freunde sie betrügen und ihnen Verlust von Macht, von Gold und von Silber bewirken und daß ihre Feinde sie schlagen mögen, bis sie um Gnade bitten, die ihnen nicht gewährt werden soll. Ich bete darum, daß ihre Zungen vergessen mögen, in süßen Worten zu sprechen, und daß sie gelähmt sein sollen und daß rings um sie Verwüstung, Einsamkeit und Tod sein soll. O Mann-Gott, ich bitte dich *hierum, denn sie haben mich in den Staub gezogen und meinen guten Namen zerstört, mein Herz zerbrochen und gemacht, daß ich den Tag verfluche, an dem ich geboren bin. So sei es.*

Dieses Fluch-Gebet wurde von Wurzelhexern regelmäßig verwendet und gelehrt, aber da ich es nicht auswendig konnte wie *Tante Rosie,* las ich es direkt aus Zora Neale Hurstons Buch *Mules and Men* ab, und Mrs. Kemhuff und ich lernten es zusammen auf unseren Knien. Bald tauchten wir die Kerzen in Essig, zündeten sie an, knieten und beteten – die Worte rhythmisch intonierend –, als machten wir das schon seit Jahren so. Ich war gerührt von der Inbrunst, mit der Mrs. Kemhuff betete. Oft ballte sie die Hände vor den geschlossenen Augen und biß sich auf die Innenseiten ihrer Fäuste, wie es die Frauen in Griechenland tun.

3

Den Verwaltungsakten nach war Sarah Marie Sadler, das «Püppchen», 1910 geboren. Während der Weltwirtschaftskrise war sie Anfang Zwanzig. 1932 heiratete sie Ben Jonathan Holley, der später eine kleine Kette von Lebensmittelgeschäften erbte und eine Plantage besaß und einen beachtlichen Holzbestand. Im Frühling des Jahres 1963 war Mrs. Holley dreiundfünfzig Jahre alt. Sie war Mutter von drei Kindern, einem Jungen und zwei Mädchen; der Sohn strampelte sich als Verkäufer in der Kleiderbranche ab, die Mädchen waren verheiratet und vergeßlich und selbst schon Mütter.

Das Ehepaar Holley sen. lebte in einer Entfernung von sechs Meilen draußen auf dem Lande, ihr Haus war groß, und Mrs. Holley vertrieb sich die Zeit damit, Antiquitäten zu sammeln, mit Farbigen zu schwatzen, den Gesundheits-

zustand ihres Mannes und die Babies ihrer Töchter durch-
zuhecheln und Aufläufe zu backen. Soviel konnte ich den
trunkenen Tiraden der Holleyschen Köchin entnehmen,
einer boshaften, gichtsteifen alten Ziege, die in der Blüte
ihrer Jugend auch mindestens einen dunkelhäutigen Holley
großgezogen hatte, der später von den Holleys nach
Morehouse geschickt und Prediger geworden war.

«Ich wette, wir können die Ziege dazu kriegen, daß sie
uns Informationen und abgeschnittene Nägel gibt, soviel
wir nur brauchen», sagte ich zu *Tante Rosie*. Denn die
mürrische Frau soff Muskateller wie ein Loch und haßte
Mrs. Holley ganz offensichtlich. Es war jedoch schwer, sie
so beschwipst zu machen, daß ihre Ergüsse wirklich auf-
schlußreich wurden, und uns ging schnell das Geld aus.

«Das ist nicht der richtige Weg», sagte *Tante Rosie* eines
Abends, als sie in ihrem Auto saß und zusah, wie ich die
Ziege aus den trostlosen, aber Geheimnisse freisetzenden
Nischen der *Six Forks Bar* herausführte. Wir hatten schon
sechs Dollar für Muskateller ausgegeben.

«Klatschbasen und Betrunkenen kann man nicht trau-
en», sagte *Tante Rosie*. «Du läßt dir von der Frau, an der
wir arbeiten, selbst geben, was wir brauchen, und zwar aus
ihrem eigenen Mund.»

«Das ist das Verrückteste, was ich je gehört habe», sagte
ich. «Wie soll ich ihr denn erzählen, daß wir sie behexen
wollen, ohne daß sie böse wird oder sich vielleicht zu Tode
ängstigt?»

Tante Rosie grunzte nur.

«Regel eins: BEOBACHTUNG DER ZIELPERSON.
Schreib das irgendwo zwischen deine zerknitterten Notizen.»

«In anderen Worten –?»

«Sei direkt, aber nicht plump.»

Auf dem Weg zur Holleyschen Plantage kam mir die Idee,
so zu tun, als suchte ich nach einer frei erfundenen Person.

Dann kam mir noch eine bessere Idee. Ich stellte *Tante Rosies* Bonneville am Rand des weiten Innenhofs ab, der mit Mimosen und Kamelien bepflanzt war. *Tante Rosie* hatte darauf bestanden, daß ich ein leuchtendoranges Gewand anziehen sollte, und beim Gehen raschelte und flatterte es um meine Beine. Mrs. Holley saß auf den Stufen der hinteren Veranda, im Gespräch mit einem jungen, hübschen schwarzen Mädchen. Erstaunt über die Länge und Leuchtkraft meiner Kleidung blickten sie auf.

«Ach, Mrs. Holley, ich glaube, ich muß jetzt gehen», sagte das Mädchen.

«Sei doch nicht albern», sagte die matronenhafte Mrs. Holley. «Das ist wahrscheinlich nur eine hellhäutige Afrikanerin, die irgendwohin will und sich verirrt hat.» Sie gab dem schwarzen Mädchen einen Puff in die Rippen, und beide kicherten los.

«Einen recht guten Tag», sagte ich, «wie geht es Ihnen?»

«Bestens, und selbst?» sagte Mrs. Holley, während das schwarze Mädchen weiterhin mißtrauisch schaute. Sie hatten beim Reden die Köpfe dicht zusammengesteckt und standen jetzt gleichzeitig auf, als ich sprach.

«Ich suche einen Josiah Henson» – einen entflohenen Sklaven, den eigentlichen Onkel Tom in Harriet Beecher Stowes Roman, hätte ich hinzusetzen können. «Könnten Sie mir sagen, ob er hier bei Ihnen wohnt?»

«Der Name kommt mir irgendwie bekannt vor», sagte das schwarze Mädchen.

«Sind Sie *die* Mrs. Holley?» fragte ich unvermittelt, während Mrs. Holley noch ganz in Gedanken war. Sie war sicher, daß sie den Namen Josiah Henson nie gehört hatte.

«Natürlich», sagte sie und lächelte und nestelte seitlich an ihrem Kleid. Ihr Haar war graublond, das Gesicht aschgrau und ungebräunt, und ihre Hände bestanden jeweils aus fünf plumpen, verhätschelten Fingern. «Und dies ist meine . . . äh, meine Freundin Caroline Williams.»

Caroline nickte knapp.

«Jemand hat mir gesagt, es könnt sein, daß der alte Josiah hier in der Gegend wär . . .»

«Wir haben ihn jedenfalls nicht gesehen», sagte Mrs. Holley. «Wir haben hier nur gesessen und Erbsen ausgepult und die schöne Sonne genossen.»

«Sind Sie eine hellhäutige Afrikanerin?» fragte Caroline.

«Nein», sagte ich. «Ich arbeite bei *Tante Rosie,* der Wurzelhexerin. Ich lerne das Metier.»

«Aber wozu denn das?» fragte Mrs. Holley. «Ich könnte mir denken, daß ein hübsches Mädchen wie Sie doch was Besseres mit ihrer Zeit anzufangen weiß. Ich habe oft von *Tante Rosie* gehört, schon als ich ein kleines Ding war, aber immer hat es geheißen, daß diese Wurzelhexereien doch der pure Un – – –, na, ich meine so eine Spinnerei von den Farbigen ist. Natürlich glauben wir an so was nicht, oder Caroline?»

«Ach was!»

Die jüngere Frau legte ihre Hand besitzergreifend auf den Arm der älteren, so als wollte sie sagen: «Mach daß du fortkommst! Meinen Weißen hier die Ohren mit deinen Verrücktheiten vollzureden!» Und am Küchenfenster verzog sich ein dunkles, reumütiges Gesicht zu Grimassen, die *Geh weg* bedeuten sollten: das war die betrunkene alte Ziege.

«Vielleicht würden Sie gerne beweisen, daß Sie nicht an die Wurzelhexerei glauben?»

«Beweisen?» sagte die weiße Frau empört.

«Beweisen?» fragte die schwarze Frau verächtlich.

«Ja, genau», sagte ich.

«Also, nicht daß ich vor dieser Niggermagie Angst hätte!» sagte Mrs. Holley heroisch und legte Caroline beruhigend die Hand auf die Schulter. *Ich* war der Nigger, nicht sie.

«Würden Sie uns dann nicht zeigen wollen, wie wenig Sie

sich davor fürchten?» Mit dem Wort uns versetzte ich Caroline in dieselbe Niggerkategorie wie mich. Sollte sie ruhig ein wenig schmoren! Und Mrs. Holley stand jetzt allein da, die große weiße Verteidigerin von Fortschritt und Wissenschaft, dazu gezwungen, die christliche Festung gegen den heidnischen Niggerglauben mannhaft zu verteidigen.

«Aber natürlich, wenn Sie möchten», sagte sie sofort, wobei sie sich in bester englischer Manier zusammenriß. Ohren steif halten und so weiter. Die ganze Zeit hatte sie gegrinst. Jetzt bedeckte sie die Zähne mit ihren schmalen Lippen, und ihr Gesicht wurde flach und entschlossen. Wie bei so vielen weißen Frauen in den Teilen des Landes, wo die Rasse noch «rein» ist, hätte ihr Mund vom scharfen Hieb eines dünnen Schwerts geformt sein können.

«Kennen Sie eine Mrs. Hannah Lou Kemhuff?» fragte ich.

«Nein.»

«Sie ist nicht weiß, Mrs. Holley, sie ist schwarz.»

«Hannah Lou, Hannah Lou . . . kennen wir eine Hannah Lou?» fragte sie, an Caroline gewandt.

«Nein, Ma'am!» sagte Caroline.

«Sie kennt Sie aber. Sagt, sie kennt Sie von den Brotschlangen während der Wirtschaftskrise, und daß Sie ihr, weil sie gut angezogen war, kein Maismehl geben wollten. Und keine roten Bohnen. Oder so ähnlich.»

«Brotschlangen, Weltwirtschaftskrise, gut angezogen, Maismehl . . .? Ich weiß gar nicht, wovon Sie reden!» Kein Funken von Erinnerung drang aus der Tiefe dessen, was sie vor mehr als zwanzig Jahren einer farbigen Familie angetan hatte.

«Es spielt eigentlich auch keine Rolle, da Sie ja doch nicht daran glauben . . . aber sie sagt, Sie hätten ihr Unrecht getan, und da sie eine gute Christin ist, glaubt sie daran, daß der Herr irgendwann zu seiner Zeit alles Unrecht wiedergutmachen wird. Sie kam erst zu uns, um Hilfe zu suchen, als sie allmählich das Gefühl hatte, daß die Zeit des Herrn vielleicht noch zu fern ist. Da wir uns aber nicht mit unverdienter Vernichtung beschäftigen, haben *Tante Rosie* und ich keine Möglichkeit gesehen, diesen Fall zu übernehmen.» Dies sagte ich demütig, im frömmsten Tonfall, der mir zu Gebote stand.

«Nun, da bin ich aber froh», sagte Mrs. Holley, die an ihren Fingern die Jahre zurückgerechnet hatte.

«Aber», sagte ich, «wir haben ihr erzählt, was sie tun kann zur Wiederherstellung ihres Seelenfriedens, den Sie ihr angeblich in einem Augenblick geraubt haben, in dem Sie, wie jetzt offenbar wird, innerlich gar nicht beteiligt waren. Sie haben im darauffolgenden Frühjahr geheiratet.»

«Das war 32», sagte Mrs. Holley. «Hannah *Lou*?»

«Eben die.»

«*Wie* schwarz war sie denn? Manchmal kann ich mir damit Gesichter von Farbigen ins Gedächtnis zurückrufen.»

«Das ist nicht von Bedeutung», sagte ich, «da Sie ja nicht glauben . . .»

«Aber natürlich glaube ich nicht daran!» sagte Mrs. Holley.

«Ich bin ein Nichts in dieser Fehde zwischen Ihnen beiden», sagte ich. «Und *Tante Rosie* ebenso. Wir hatten beide keine Ahnung, bis Mrs. Kemhuff gegangen war, daß Sie die Frau sind, von der sie sprach. Uns ist Ihr tiefes und aufrichtiges Interesse an den armen Kindern der Farbigen bekannt, das sie jedes Jahr an Weihnachten beweisen. Wir wissen, daß Sie Schwierigkeiten auf sich genommen haben, um bedürftigen Menschen Arbeit auf Ihrer Farm zu geben. Wir wissen, daß Sie ein Muster an christlicher Barmherzigkeit sind und ein leuchtendes Vorbild an Nächstenliebe. Und mit eigenen Augen kann ich jetzt sehen, daß es stimmt, daß Sie sogar mit Negern befreundet sind.»

«Und was wollen Sie eigentlich?» fragte Mrs. Holley.

«*Mrs. Kemhuff* möchte ein paar Schnipsel der Fingernägel, nicht viele, nur ein paar; etwas Haar (ein paar ausgekämmte Haare, das reicht schon), etwas Wasser und etwas Kot – und wenn Ihnen gerade nicht nach ‹Groß› oder ‹Klein› zumute ist, dann warte ich auch – und ein Stückchen von einem Kleidungsstück, etwas, das Sie dieses Jahr schon getragen haben. Etwas mit Ihrem Geruch drin.»

«Was!» kreischte Mrs. Holley.

«Man sagt, daß diese Mischung, zusammen mit den richtigen Gebeten, Teile eines Menschen auffressen kann, genau wie der Pilz, der antikes Zinn so oft befällt und zerstört.»

Mrs. Holley wurde bleich. Mit mütterlich bebenden Händen half Caroline ihr in einen Verandastuhl.

«Hol meine Medizin», keuchte Mrs. Holley, und Caroline flog davon wie eine Gazelle.

«Raus hier! Auf der Stelle raus!»

Ich drehte mich schnell um und konnte so meinen Kopf gerade noch vor einem Schlag mit einem gigantischen Mop retten. Es war die betrunkene Ziege, jetzt gar nicht mehr betrunken, die zur Verteidigung ihrer Herrin herbeirauschte.

«Eine Landstreicherin und Schwindlerin ist das!» beruhigte sie Mrs. Holley, die in eine echte Ohnmacht fiel.

4

Nicht lange nach meinem Besuch bei Mrs. Holley wurde Hannah Kemhuff begraben. *Tante Rosie* und ich folgten dem Sarg zum Friedhof. *Tante Rosie* hochelegant, ganz in Schwarz. Dann bahnten wir uns den Weg durch Gestrüpp und Gras zur Landstraße. Mrs. Kemhuff war in einem dichten Hain zur letzten Ruhe gebettet worden, ganz allein, doch einigermaßen dicht beim Grab ihres Mannes und ihrer Kinder. Nur wenige Menschen kamen zur Beerdigung, so daß die Gesichter von Mrs. Holleys Ehemann und ihrer Köchin sich noch auffälliger abhoben. Sie waren gekommen, um sich davon zu überzeugen, daß dies in der Tat die Hannah Lou Kemhuff war, nach der Mr. Holley eine Großfahndung eingeleitet hatte, zu der ihm alle bewaffneten Männer des gesamten Bezirks zur Verfügung standen.

Mehrere Monate später lasen wir in der Zeitung, daß Sarah Marie Sadler Holley ebenfalls verschieden war. Die Zeitung sprach von ihrer früheren Schönheit und ihrem Temperament als junge Frau und davon, wie sie als verheiratete Frau und Säule der Gemeinschaft und ihrer Kirche sich jener angenommen hatte, die weniger glücklich waren als sie selbst. Der Nachruf ging kurz auf ihre lange und schwere Krankheit ein. Er endete damit, daß alle, die sie gekannt hatten, sicher seien, daß ihre Seele Frieden im Himmel finden würde, nachdem ihr abgezehrter Körper hier auf Erden soviel Schmerz und soviel Herzeleid hatte erdulden müssen.

Caroline hatte uns über Mrs. Holleys Verfall auf dem laufenden gehalten. Nach meinem Besuch trübte sich das Verhältnis zwischen den beiden, und im Laufe der Zeit bekam Mrs. Holley solche Angst vor Carolines dunkler Haut, daß sie sie nicht mehr in ihrer Nähe duldete. Eine Woche nachdem ich mit ihnen gesprochen hatte, fing Mrs. Holley an, ihre Mahlzeiten oben im Schlafzimmer einzunehmen. Dann begann sie, auch alle anderen Verrichtungen dorthin zu verlegen. Mit größter Aufmerksamkeit und Beharrlichkeit, um nicht zu sagen Verzweiflung, sammelte sie jedes Haar, das ihr ausging. Sie biß ihre Fingernägel ab und aß sie auf. Aber das Absonderlichste war ihre Reaktion auf Mrs. Kemhuffs Bitte um eine Probe von Kot und Wasser. Der unterirdischen Verschwiegenheit der Abwasserleitungen nicht mehr trauend, spülte sie auf der Toilette nicht mehr. Mit Hilfe der Köchin zog Mrs. Holley es vor, jene Überreste von dem, was sie aß (was fast nichts und dann gar nichts mehr war, wie die Ziege Caroline erzählt hatte), aufzuheben und in Fässern und Plastiktüten in den Wandschränken des oberen Stockwerks aufzubewahren. Innerhalb weniger Wochen wurde es unmöglich, den Geruch im Haus zu ertragen, sogar für Mrs. Holleys Ehemann, der sie liebte, aber während der Wochen vor ihrem Tod in einem leerstehenden Zimmer im Haus der Köchin schlief.

Der Mund, der hinter den vorgehaltenen Händen gegrinst hatte, grinste nicht mehr. Die beständige Sorge darum, nur ja kein ausgefallenes Haar zu verlieren, und der faule Gestank des Hauses versetzten ihre Hände in eine unaufhörlich suchende Bewegung und legten einen gläsernen und leeren Blick in ihre Augen und ein enges Netz von Falten um ihren Mund, eines, das erst der Tod zu glätten vermochte.

Der Willkommenstisch

Für Sister Clara Ward

Ich werd am Willkommenstisch sitzen
Schrei meine Sorgen hinaus
Geh und red mit Jesus
Erzähl Gott, was ihr mir antut
Eines Tages, bald!

Spiritual

Die alte Frau stand mit erhobenen Augen da in ihren Sonntagskirchenkleidern: Schnürschuhe, am Schaft und an den Zehen poliert, ein langes, verblichenes Kleid, an dem ein altes, längst verblühtes Sträußchen steckte, und als Kopftuch die Reste eines vornehmen Seidenschals, der von den vielen fettigen Zöpfchen darunter ganz fleckig war. Sie mochte manches Leid erfahren haben. Ein benommener, schläfriger Blick lag in ihren gealterten blaubraunen Augen. Doch für diejenigen, die hastig nach «Gründen» suchten in diesem alten angespannten Gesicht, das jetzt verschlossen war wie eine eingerostete Tür, gab es nichts darin zu lesen. Und so blickten sie unvermittelt ihren eigenen, hineingelegten Ängsten ins Gesicht. Der Angst vor Schwarzen und der Angst vor den Alten, der Furcht vor dem Unbekannten wie vor dem zutiefst Bekannten. Einige von denen, die die alte Frau dort auf der Kirchentreppe sahen, sagten Dinge über sie, die kaum für fremde Ohren taugten, andere hielten sich fromm zurück. Und manche spürten ein verschwommenes, mitleidiges Rühren, klein und nagend und unscharf, als sei sie ein alter, zum Sterben hinausgejagter Hund.

Sie war eckig und mager und von der Farbe der armen grauen Erde Georgias, die *King Cotton* und extremes Wetter ausgelaugt haben. Ihre Ellbogen waren runzlig und dick, die Haut aschgrau, aber beständig wie die Rinde alter Kiefern. In ihrem Gesicht falteten sich Jahrhunderte um das eine Auge, während um das andere, eingraviert und ausge-

legt wie auf einer Druckplatte, noch mehr Zeitalter wieder-
aufzuleben drohten. Einige von denen dort in der Kirche
sahen das Alter, die Schwäche, die fehlenden Knöpfe vorn
an ihrem stockfleckigen schwarzen Kleid. Andere sahen
Köche, Chauffeure, Dienstmädchen, Herrinnen, abgelehn-
te oder unter Liebe erstickte Kinder in der unterwürfigen
Art, in der sie die Wange zur Seite und zu Boden neigte.
Viele sahen Dschungelorgien an bösem Ort, während andere sich an aufrührerische Anarchisten erinnert fühlten,
die auf den Straßen plünderten und vergewaltigten. Wer um
das zögernde Herankriechen des Gesetzes wußte, sah den
Anfang vom Ende für die Heilige Stätte christlicher Vereh-
rung, sah die Entweihung der Heiligen Kirche und sah
einen Einbruch in jene Ungestörtheit, die noch immer zu
besitzen sie krampfhaft glaubten.

Dabei war sie die Straße zu der großen weißen Kirche
ganz allein heruntergekommen. Nur sie, eine alte, vergeß-
liche Frau, vor Alter fast blind. Nur sie, und die Augen
dumpf zu dem glitzernden Kreuz erhoben, das den Glok-
kenturm aus schierem Silber krönte. Taumelnd war sie eine
halbe Meile weit von ihrem Haus hierhergewandert.
Feuchtkalter Schweiß stand auf ihrer Stirn und an den Falten ihrer dünnen, abgezehrten Nase. Auf den breiten Stufen
blieb sie stehen, um ruhig zu werden, schaute aber nicht um
sich, wie man vielleicht erwartet hätte, sondern stand nur
ganz still da, bis auf ein leichtes Beben ihrer Kehle und ein
Zittern, das ihre baumwollbestrumpften Beine schüttelte.

Der Pfarrer der Kirche hielt sie freundlich auf, als sie in
die Vorhalle trat. Sagte er, wie sie vermuteten, liebenswür-
dig zu ihr «Tantchen, du weißt doch, daß dies nicht deine
Kirche ist.»? Als könnte man die falsche wählen. Doch keiner erinnert sich daran, denn später sprachen sie niemals
davon, und sie schob sich ohnehin an ihm vorbei, als hätte
sie sich schon ein Leben lang an ihm vorbeigeschoben, nur
daß sie diesmal in Eile war. Im Innern der Kirche setzte sie

sich in die allerletzte Bank und schaute konzentriert zu den Glasfenstern über ihrem Kopf hinauf. Es war kalt, sogar in der Kirche, und sie fröstelte. Alle konnten es sehen. Sie starrten sie an, als sie hereinkamen und sich weit vorn hinsetzten. Es war kalt, auch für sie sehr kalt; außerhalb der Kirche war es unter dem Gefrierpunkt und drinnen nicht viel wärmer. Aber ihr Anblick, wie sie dort saß und sie so merkwürdig leidenschaftlich einfach nicht beachtete, schreckte sie auf und heizte ihnen ein.

Der junge Platzanweiser, der niemals zuvor jemand aus seiner Kirche gewiesen hatte und auch jetzt sein Einschreiten nicht als Hinauswurf begriff (sie hatte schließlich gar nicht das Recht, hier zu sein, oder?), ging zu ihr hin und flüsterte ihr zu, sie müsse gehen. Sagte er «Muttchen» zu ihr, wie er sich später zu erinnern glaubte? Für jene, die solche konventionellen Scherzhaftigkeiten zu hören kriegen und für die sie tatsächlich etwas bedeuten, war «Muttchen» keine solche: Sie hörte gar nicht auf ihn und brummelte nur: «Weg, weg», mit schwacher, scharfer, gequälter Stimme und wischte dabei sein frostiges blondes Haar und seine Augen aus der Nähe ihres Gesichts.

Die Damen taten schließlich, was ihrer Meinung nach getan werden mußte. Indem sie ihre stämmigen, unentschlossenen Ehemänner dazu herausforderten, die alte farbige Frau hinauszuwerfen, machten sie ihren Standpunkt klar. Gott, Mutter, Land, Erde, Kirche. Um all dieses ging es, und das wußten sie wohl. Lederverpackt und -beschuht, mit guten Kalbslederhandschuhen, um die Kälte abzuhalten, schauten sie verächtlich auf die blutlosen, grauen, arthritischen Hände der alten Frau hinunter, die lose und rastlos in ihrem Schoß geballt waren. Ob ihre Ehemänner ihnen etwa zumuten wollten, mit so was in einer Kirche zu sitzen? Aber nein, aber nein, antworteten eilends die Ehemänner und taten noch eilender ihre Pflicht.

Unter die Arme der alten Frau stemmten sie ihre harten

Fäuste (und später rochen diese nach Zerfall und Moschus – dem gärenden Geruch von Zwiebelhäuten und faulendem Grünzeug). Unter den Armen der alten Frau hoben sie ihre Fäuste, spannten die muskulösen Schultern und hinaus flog sie, durch die Tür, zurück unter den kalten blauen Himmel. Nach getaner Tat verschränkten die Ehefrauen ihre gesunden Arme über ihren schmucken Leibern und dünkten sich im Recht und waren gleichzeitig voller Verachtung.

Doch keine von ihnen sprach es aus, denn keine erwähnte den Vorfall jemals. In der Kirche war es jetzt wärmer. Sie sangen und sie beteten. Der Schutz Gottes und das Versprechen seiner unvoreingenommenen Liebe wuchs zu etwas, das mehr und mehr – nicht weniger – begehrenswert wurde, während die Predigt an Heftigkeit zunahm und über ihre bußfertigen Köpfe hinwegpeitschte.

Die alte Frau stand oben an der Treppe und schaute verstört um sich. Sie hatte still in ihrem Kopf gesungen, und die dort drinnen hatten sie gestört. Schnell fing sie wieder an zu singen, nur war es diesmal ein trauriges Lied. Ganz plötzlich schaute sie die lange graue Landstraße hinunter und sah etwas Erstaunliches und Wunderschönes herankommen. Sie brach in ein zahnloses Grinsen mit kleinen Freudengluckern aus, tanzte umher und schlug sich auf die Schenkel. Und dann wurde deutlich, was sie so fröhlich machte: die Straße entlang, mit festem, doch gemächlichem Schritt, kam Jesus gegangen. Er trug ein schneeweißes langes Gewand, das am Hals und am Saum mit Gold besetzt war, und einen roten, einen leuchtendroten Umhang. Über seinem linken Arm lag eine glänzende blaue Decke. Er hatte Sandalen an den Füßen und trug einen Bart, und sein langes braunes Haar war auf der rechten Seite gescheitelt. Seine braunen Augen waren von Fältchen umgeben, als lächle er viel oder schaue oft in die Sonne. Sie wußte sofort, wer er war, und hätte ihn unter Tausenden erkannt. Ein trauriger und doch froher Blick lag auf seinem Gesicht, als ob eine Kerze dahinter leuchtete, und er kam mit sicheren, gleichmäßigen Schritten in ihre Richtung gegangen, als wandle er auf dem Wasser. Er sah genau aus wie auf dem Bild, das sie zu Haus über dem Bett hängen hatte, nur daß er kein Lamm in den Armen trug. Das Bild hatte sie aus der Bibel einer weißen Frau genommen, bei der sie einmal gearbeitet hatte. Jahrelang, wie viele, das wußte sie schon gar nicht mehr, hatte sie immer das Bild angeschaut. Aber daß sie ihn einmal wirklich sehen würde, das hätte sie nicht gedacht. Sie kniff die Augen zusammen, vielleicht trug er ja doch ein Lämmchen im Arm, aber er tat es nicht. Verzückt begann sie, die Arme zu schwenken, vor lauter Angst, er könnte sie übersehen, denn er hielt beim Gehen den Blick vor sich auf den Straßenrand gerichtet, und nur gelegentlich schaute er hinauf zum Himmel.

Als er schließlich herangekommen war, sagte er nur: «Folge mir nach», und sie sprang hinunter an seine Seite, unbeholfen ruckhaft und so geschwind, wie ihr Alter es zuließ. Auf jeden seiner langen, entschlossenen Schritte kamen zwei schnelle von ihr. Lange Zeit schritten sie in tiefem Schweigen nebeneinanderher. Dann schließlich erzählte sie ihm davon, wie viele Jahre sie für die Leute gekocht, geputzt und Kinder gehütet hatte. Er sah sie freundlich, aber schweigend an. Sie erzählte ihm empört, wie die Leute sie gepackt hatten, während sie still im Kopf vor sich hin sang und nicht aufschaute, und wie sie sie aus seiner Kirche geworfen hatten. Eine alte Kuh wie mich, sagte sie und richtete sich neben Jesus auf und atmete heftig. Aber er lächelte auf sie herunter, und sofort wurde ihr wohl, und die Zeit schien zu fliegen. Als sie an ihrem Haus vorbeigingen, das verloren und windschief, verwittert und geflickt am Straßenrand stand, merkte sie es gar nicht, so glücklich war sie, mit Jesus zusammen dahinzuwandern.

Sie brach das Schweigen noch einmal, um Jesus zu sagen,

wie sehr sie sich freute, daß er gekommen war, und wie oft sie sein Bild an der Wand über ihrem Bett betrachtet hatte (hoffentlich wußte er nicht, daß es gestohlen war) und daß sie niemals erwartet hätte, ihm hier unten leibhaftig zu begegnen. Jesus lächelte sie mit seinem wunderschönen Lächeln an, und sie gingen weiter. Sie wußte nicht, wohin sie gingen; an irgendeinen wunderbaren Ort, vermutete sie. Der Boden war wie Wolken unter ihren Füßen, und sie hatte das Gefühl, sie könnte ewig so weitergehen, ohne auch nur das kleinste bißchen müde zu werden. Sie fing sogar an, laut einige der alten Spirituals zu singen, die sie so liebte, aber sie wollte Jesus nicht verärgern, weil er so nachdenklich aussah, und wurde still. Sie gingen weiter und blickten über die Baumwipfel direkt in den Himmel, und das Lächeln, das über ihr trockenes, windzerfurchtes Gesicht spielte, war wie die ersten reinen, sich kräuselnden Wellen über einem stillen Teich. Und sie gingen weiter, ohne anzuhalten.

Die Leute in der Kirche erfuhren nie, was der alten Frau zugestoßen war; sie sprachen niemals über sie, weder untereinander noch zu anderen. Die meisten hörten irgendwann später, daß eine alte farbige Frau auf der Landstraße tot umgefallen sei. Es klang verrückt, doch anscheinend hatte sie sich zu Tode gelaufen. Viele der schwarzen Familien, die am Weg wohnten, hatten die alte Lady die Landstraße entlangtraben sehen; mal hätte sie mit leiser, eindringlicher Stimme etwas geplappert, mal gesungen und mal nur aufgeregt gestikuliert. Dann sei sie wieder still gewesen und hätte nur gelächelt und zum Himmel geschaut. Sie sei allein gewesen, sagten sie. Manche von ihnen fragten sich lauthals, wohin die alte Frau wohl so unermüdlich marschiert sei, daß es ihr Herz brach. Vielleicht, meinten sie, hätte sie Verwandte drüben überm Fluß gehabt, ein paar Meilen weiter, aber keiner wußte es genau.

Starker Pferdetee

Rannie Toomers kleiner Sohn Snooks lag mit beidseitiger Lungenentzündung und Keuchhusten im Sterben. Sie saß abgewandt da und starrte in das heruntergebrannte Feuer, und ihre dicke, schorfige Unterlippe hing herunter. Sie war nicht verheiratet. War nicht hübsch. War nichts Besonderes. Und er war alles, was sie hatte.

«Herrgott, wieso kommt bloß der Arzt nicht?» stöhnte sie, und Tränen kullerten aus ihren verklebten Augen. Seit Snooks vor fünf Tagen krank geworden war, hatte sie sich nicht mehr gewaschen, und weißliche Spuren überzogen ihr aschgraues Gesicht, als wären Schnecken darübergekrochen.

«Von den guten alten Hausmitteln solltest du was probieren», drängte Sarah. Sie war eine alte Frau aus der Nachbarschaft, die einen getrockneten Eidechsenfuß um den Hals trug und Zauberblätter, die in Opossumfell eingenäht waren. Sie wußte, was es mit der Zauberei auf sich hatte, und konnte selbst hexen, sagten die Leute.

«Zu uns kommt ein Doktor», sagte Rannie Toomer grimmig und ging hinüber, um eine fette Winterfliege von der Stirn ihres Kindes zu scheuchen. «Ich glaub da nicht dran, an die Sumpfhexerei. Schier umgebracht haben mich die ganzen alten Hausmittel, die ich geschluckt hab, wie ich ein Kind war.»

Snooks bildete unter dem Haufen von verblichenen Quiltdecken in seinem Bett einen kleinen grabähnlichen Hügel. Sein Kopf lag wie eine Kugel von schwarzem Kitt zwischen den dünnen Decken und dem schmutziggelben Kopfkissen. Seine kleinen Augen standen einen Spalt offen, als ob er aus seinem armen, harten Schädel heraus das kalte Zimmer angucke, und der heftige Rhythmus seines Atems erzeugte ein leichtes Rascheln in den Laken bei seinem Mund wie ein Wind, der in einem seichten Graben feuchtes Papier vor sich hertreibt.

«Und wann, denkst du, kommt der Doktor her?» fragte Sarah und erwartete gar nicht, daß Rannie Toomer ihr antworten würde. Sie saß mit breiten Knien unter vielen Schürzen und langen, dunklen, vor Flecken schweren Röcken da. Von Zeit zu Zeit faßte sie mit langen, rissigen Fingern nach unten, um ihre feuchten Röcke von den glühenden Kohlen wegzuziehen. Es war fast Frühling, aber die Winterkälte saß ihr noch in den Knochen, und sie mußte so dicht ans Feuer rücken, um warm zu werden, daß sie fast im Kamin hockte. Die tiefen, scharfen Augen im rauhen Leder ihres Gesichts waren zu einem feuchten, zögernden Blau gealtert, das ihnen den schnellen, stumpfen Blick eines Habichts gab. Jetzt schaute sie Rannie Toomer kühl an und klopfte mit ihrem Stock auf die Kaminplatte.

«Weißer Postbote, weißer Doktor», sang sie skeptisch vor sich hin, wie um Geister zu bannen.

«Die müssen doch kommen und sich um den Kleinen kümmern», sagte Rannie Toomer sehnsüchtig. «Wer wird denn ein krankes Kindchen wie meinen Snooks im Stich lassen?»

«Könnten schon manche Leute tun, die wir nicht so genau kennen, wie wir meinen», antwortete die alte Frau. «Gute alte Hausmittelchen, eins oder zwei, die solltest du deinem Jungchen geben; Pfeilwurz oder Sassafras und Nelken oder Zuckerlutscher in Katzenblut getränkt.»

Rannie Toomers Gesicht wurde finster.

«Wir brauchen nix von deinem Hexenzeugs», rief sie und griff nach den eingehüllten Zehen des Kleinen, um Leben in ihn zu kneten, so wie sie Geschmeidigkeit in einen Mehlteig knetete.

«Spritzen kriegen wir welche, die machen einen gesund und heilen einem alle Schmerzen und putzen einen aus und machen einen stark, alles zusammen.»

Sie sprach von unten herauf, von den Füßen ihres Sohnes, wie vor einem Altar. «Bald kommt der Doktor, mein Kleines», flüsterte sie ihm zu, dann stand sie auf, um aus dem schmutzigen Fenster zu schauen. «Ich hab den Postboten hingeschickt.» Sie drückte ihr Gesicht an das Glas, und ihre platte Nase wurde noch platter, als sie hinaus in den Regen spähte.

«Na, wie geht's denn, Rannie Mae», hatte der Postbote mit dem roten Gesicht freundlich wie immer zu ihr gesagt, als sie bei seinem Auto stand, um ihn etwas zu fragen. Normalerweise wollte sie wissen, was die Reklameblätter bedeuteten, auf denen so schöne Sachen waren, die sie gut brauchen konnte. Ob das hieß, daß später jemand vorbeikäme und ihr die Hüte und Koffer und Schuhe und Pullover und den Franzbranntwein und eine Heizung für das Haus und eine Pelzmütze für den Kleinen bringen würde? Oder wieso er ihr immer die Bilder brachte, wenn sie gar nicht bekam, was drauf war? Oder was die Wörter bedeuteten . . . besonders das große Wort, das rot geschrieben war, «S-A-L-E»?

Er erklärte ihr dann kurz und knapp, daß sie die abgebildeten Artikel nur kriegen könne, wenn sie sie in der Stadt kaufe, und daß die Geschäfte in der Stadt eben Reklame machten und deshalb Bilder von ihren Waren verschickten. Sie hörte ihm mit offenem Mund zu, bis er fertig war. Und dann rief sie jedesmal dumpf erstaunt aus, daß *sie* aber doch überhaupt kein Geld hätte und da könnte er jeden fragen. *Sie* könnte sich nie was von den Sachen auf den Bildern kaufen – warum die Geschäfte ihr dann die Bilder immer weiter schicken würden?

Er versuchte, ihr zu erklären, daß alle Leute die Werbeprospekte bekämen, ob sie nun Geld zum Kaufen hätten oder nicht. Daß dies eins der Gesetze der Werbung sei und er nichts daran ändern könne. Er war sicher, daß sie gar nicht verstand, was er ihr über die Werbung beizubringen versuchte, denn eines Tages bat sie ihn um alle Prospekte, die er übrig hatte, und als er fragte, wofür sie sie wolle – da sie sich ja doch keine der angepriesenen Artikel leisten konnte –, sagte sie, sie brauche sie, um ihr Haus damit zu tapezieren, um den Wind draußen zu halten.

Heute fand er, daß sie noch einfältiger als gewöhnlich aussah, als sie ihren tropfnassen Kopf in sein Auto steckte. Er wich vor ihrem Atem zurück und schenkte dem, was sie da von ihrem kranken Kleinen erzählte, wenig Aufmerksamkeit, während er das Wasser wegwischte, das sie auf den Plastiktürgriff des Autos tropfte.

«Tja, man kann sie nicht trocken genug anziehen, ich meine, warm genug, bei dem Regenwetter», murmelte er geistesabwesend und stopfte ihr einen Packen von Prospekten in die Hand, die für Haartrockner und Cold Cream warben. Wenn sie doch nur das Auto loslassen würde, damit er weiterfahren konnte. Aber sie hielt sich weiter an der Autotür fest und plapperte etwas von «Snooks» und «Lungentzündung» und «Spritzen» und daß sie einen «richtigen Doktor» wolle.

«Soso», warf er von Zeit zu Zeit mitfühlend ein, und von Zeit zu Zeit nieste er, denn sie ließ Nässe und Feuchtigkeit herein, und er spürte, daß er drauf und dran war, sich zu erkälten. Schwarze, die so schwarz waren wie Rannie Mae, bereiteten ihm Unbehagen, besonders wenn sie nicht gut rochen und wenn man ihnen das schon meilenweit ansah. Rannie Mae, die sich aus dem Regen herein und über ihn beugte, roch wie eine nasse Ziege. Ihre dunklen, schmutzigen Augen, die mit solch hungriger Verzweiflung an seinem Gesicht hingen, machten ihn kribbelig.

Warum wollten die Farbigen nur immer, daß man etwas für sie tun sollte?

Jetzt räusperte er sich und machte eine Bewegung nach vorn, wie um das Fenster hochzukurbeln. «Tja, äm, tut mir ja wirklich leid mit dem kleinen Burschen», sagte er und tastete nach der Fensterkurbel. «Mal schauen, was sich machen läßt!» Er schenkte ihr ein, wie er hoffte, breites, freundliches Lächeln. Mein Gott, er wollte ihr ja nicht weh tun. Sie sah so bedauernswert aus, wie sie da im Regen hing. Plötzlich hatte er eine Idee.

«Warum probierst du nicht eins von den guten alten Hausmittelchen von Tante Sarah?» schlug er begeistert immer noch lächelnd vor. Wie alle in der Gegend glaubte auch er ein bißchen daran, daß die alte blauäugige Schwarze Zauberkräfte besaß. Zauberkräfte, die vielleicht nicht bei Weißen, aber doch wahrscheinlich bei Schwarzen funktionierten. Doch Rannie Mae warf mit einem Schütteln von Kopf und Körper und ihrem nachdrücklichen «Nein!» fast das Auto um. Sie streckte eine nasse, verschorfte Hand herein, um ihn an der Schulter zu packen.

«Einen Doktor brauchen wir, einen richtigen Doktor!» schrie sie. Sie hatte angefangen zu weinen, und ihre Tränen tropften auf ihn herunter. «Einen Doktor aus der Stadt! Holen Sie einen!» brüllte sie und schüttelte seine feste Schulter, die sich unter dem neuen Tweedmantel wölbte.

«Sag ich doch!» sagte er müde, obwohl er langsam wütend auf sie wurde. «Mal schauen, was sich machen läßt.» Und eilig kurbelte er das Fenster hoch und schoß die Straße hinunter, und es schauderte ihn bei dem Gedanken, daß sie ihre Hände auf ihn gelegt hatte.

«Gute alte Hausmittel! Gute alte Hausmittel!» schimpfte Rannie Toomer und leckte die heißen Tränen ab, die über ihr Gesicht flossen und das einzig Warme an ihr waren. Sie drehte sich um zu dem Trampelpfad, der zu ihrem Haus führte, und trat dabei auf die nassen Prospekte. Sie schlüpfte unter dem Zaun durch und stand jetzt auf einer Weide, umgeben von fetten Kühen, die den weißen Landbesitzern gehörten, einem alten grauen Pferd und ein oder zwei Maultieren. Tiere wohnten rings um ihr Haus auf der Weide, und drinnen im Haus wohnten Snooks und sie.

Kaum eine Stunde nachdem sie mit dem Postboten gesprochen hatte, blickte sie erwartungsvoll auf und sah, daß die alte Sarah an ihrem Stock durch das Gras gestapft kam. Sie konnte nicht so tun, als sei sie nicht daheim, wo der Rauch aus ihrem Kamin stieg, also ließ sie sie herein, aber die Tasche mit dem Zauberkram, die mußte Sarah draußen vor der Tür auf der Veranda lassen.

Andre Leute mit ihrem Niggerzauber heilen! Kann sie sich an den Hut stecken. Alte Frau wie die . . . könnte selbst was davon brauchen, dachte sie. Kam nicht in Frage, daß sie Snooks anrührte, und das sagte sie ihr gleich, wenn sie es auch nur versuchte, würde sie ihr mit ihrem eigenen Stock eins überziehen.

«Der kommt schon», sagte Rannie Toomer überzeugt und schaute und strengte ihre Augen an, um durch den Regen zu sehen.

«Glaub's mir doch, Kind», sagte die alte Frau fast sanft, «der kommt nicht.» Sie nippte etwas Heißes aus einer Schüssel. Wann würde die hier wohl lernen, fragte sie sich, daß man sich nur auf die verlassen kann, die wirklich kommen.

«Aber ich hab's dir doch gesagt», wiederholte Rannie Toomer gereizt, als erklärte sie einem begriffsstutzigen Kind etwas. «Ich hab dem Postmann gesagt, er soll einen Doktor für meinen Snooks holen!»

Kalter Wind schoß durch die Ritzen im Fensterrahmen, und verblichene Prospekte bauschten sich an den Wänden. Die finstere Prophezeiung der alten Frau ließ sie zittern.

«Der hat den Doktor schon geholt», sagte Sarah und rieb

sich die Hände an der Schüssel. «Was, glaubst du denn, hat mich hierhergetrieben, bei der Sintflut draußen? Bestimmt kein Heimweh nach Regenbögen!

Ich bin der Doktor, Kind.» Sarah wandte sich mit stumpfen, weisen Augen Rannie zu. «Dein Postmann da, der ist mit seinem Auftrag kein Stückchen weiter gekommen wie bis zur Straße vor meim Haus. Ein Glück, daß der gute Lungen hat – so taub wie ich bin, hab ich doch schwer gehabt, daß ich versteh, was er brüllt.»

Rannie fing an zu stöhnen, zu weinen.

Plötzlich schien Snooks' Atem vom Bett her das Geräusch des Platzregens draußen zu übertönen. Rannie Toomer spürte, wie sein Herzschlag das ganze Haus erzittern ließ.

«Hier», weinte sie, riß den Kleinen hoch und gab ihn Sarah, «mach ihn gesund. O mein Gott, mach ihn gesund!»

Sarah stand von ihrem Platz am Feuer auf und nahm das winzige Kind, das um Augen und Mund herum schon lilablau wurde.

«Wolln den kleinen Burschen doch nicht unnötig durcheinanderbringen», sagte sie und legte das Kind zurück aufs Bett. Sanft fing sie an, ihn zu untersuchen, und seufzte dabei und summte eine dünne heidnische Weise, die sich mit ihrer eigenen melancholischen Kraft dem Geräusch von Wind und Regen entgegenstellte. Sie zog dem Jungen alle Kleider aus, pochte an seine matten Babyrippen und blies auf seine Brust. Über den winzigen flachen Rücken ließ sie ihre sanften alten Finger gleiten. Das Kind blieb in seinen tiefen, rasselnden Schlaf versunken, und seine kleinen, glasigen Augen öffneten sich weder ganz, noch schlossen sie sich.

Rannie Toomer beugte sich über das Bett und schaute, wie die alte Frau den Kleinen betastete. Sie dachte an die Zeit, die sie damit verschwendet hatte, auf den richtigen Arzt zu warten. Die Schuld in ihr war wie ein Stein.

«Ich mach alles, was du sagst, Tante Sarah», weinte sie

und wischte sich die Nase mit ihrem Kleid. «Alles! Bloß, guter Gott, mach, daß er gesund wird!»

Die alte Sarah zog den Kleinen wieder an und setzte sich vor das Feuer. Ein paar Augenblicke blieb sie in tiefe Gedanken versunken. Rannie Toomer blickte erst in ihr stilles Gesicht und dann das Baby an, dessen Atem leichter geworden zu sein schien, seit Sarah ihn hochgenommen hatte.

Tu was, schnell, drängte sie Sarah in Gedanken, entschlossen, ganz und gar an ihre Macht zu glauben. Tu was, damit er sich aufsetzt und nach seiner Mama ruft!

«Das Kind ist am Sterben», sagte Sarah schonungslos und setzte damit von vornherein ihrer Kunst eine Grenze. «Aber vielleicht gibt's noch was, was wir tun können . . .»

«Was, Tante Sarah, was?» Rannie Toomer lag vor dem Stuhl der alten Frau auf den Knien, rang die Hände und weinte. Sie heftete hungrige Augen auf Sarahs Lippen.

«Was kann ich tun?» drängte sie heftig, das schwache, mühsame Atmen vom Bett im Ohr.

«Man braucht einen starken Magen dazu», sagte Sarah langsam. «Einen gehörig starken Magen. Und ihr jungen Leute heutzutage, ihr habt den nicht mehr.»

«Snooks hat einen starken Magen», sagte Rannie Toomer und schaute bange in das alte ernste Gesicht.

«Der nicht, der braucht keinen starken Magen», sagte Sarah und schaute auf Rannie Toomer hinunter. «Du brauchst ihn, du . . . der wird nicht mal merken, was er trinkt.»

Rannie Toomer begann zu zittern, tief unten im Magen. Ganz klar war der schwach, dachte sie. So zu zittern. Aber was meinte sie bloß? Was sollte ihr Snooks wohl trinken? Auf keinen Fall Katzenblut! Und nichts von den Panschereien mit Fledermausflügeln, die Sarah, wie man hörte, für Leute mischte, die nicht richtig im Kopf waren . . .

«Was ist es denn?» flüsterte sie und schob dabei ihren

Kopf dicht an Sarahs Knie. Sarah beugte sich herunter und legte ihren zahnlosen Mund an ihr Ohr.

«Das einzige, was das Kind jetzt noch retten kann, ist guter, starker Pferdetee», sagte sie, die Augen auf das Gesicht des Mädchens gerichtet. «Das *einzige*. Und wenn du ihn wieder aus dem Bett kriegen willst, dann sieh mal zu, daß du schleunigst welchen beschaffst.»

Rannie Toomer nahm ihren nassen Mantel und trat über die Eingangsterrasse auf die Wiese. Der Regen trieb ihr mit der Gewalt kleiner Hagelkörner ins Gesicht. Sie ging auf die Bäume zu, unter denen sie die massigen, hellen Umrisse der Kühe sah. An ihren dünnen Plastikschuhen saugte der Matsch, aber sie schob sich vorwärts, um die einsame graue Stute zu suchen.

Die Tiere zogen ein Stück weiter und ließen große dunkle Augen zu Rannie Toomer wandern. Sie machte so wenig Geräusche wie möglich und lehnte sich gegen einen Baum, um zu warten.

Donner stieg vom Rand des Himmels nach oben, laut wie ein riesiger Lastwagen, der über unebene Schotterstraßen rumpelt. Dann stand er den Bruchteil einer Sekunde in der Mitte des Himmels, bevor er wie ein riesiger Feuerwerkskörper explodierte und dann fortrollte wie ein leeres Faß. Blitze zogen Streifen über den Himmel und ließen die Luft gleißend und aufgeladen zurück. Rannie Toomer stand tropfend unter ihrem Baum und hoffte, nicht vom Blitz getroffen zu werden. Aufmerksam hielt sie die Augen auf das Hinterteil der weißen Stute gerichtet, und nach fast einer Stunde fing diese an, lässig die schlammbedeckten Beine zu spreizen.

In diesem Augenblick merkte Rannie Toomer, daß sie nichts mitgebracht hatte, um den wertvollen Tee aufzufangen. Der Blitz schlug irgendwo nicht weit entfernt ein, und das Knistern und Stöhnen im Holz war so laut, daß die

Tiere aus ihrem Unterschlupf aufschreckten. Rannie Toomer rutschte im Matsch aus bei dem Versuch, einen ihrer Plastikschuhe auszuziehen, um den Tee darin aufzufangen. Und die graue Stute tröpfelte ein wenig und bewegte sich dabei auf eine Gruppe von Zedern in ein paar Metern Entfernung zu.

Rannie Toomer war dicht genug dran, um den Tee einzufangen, wenn sie mit der Stute im Laufen Schritt halten konnte. Abwechselnd den Atem anhaltend und nach Luft ringend, lief sie hinter ihr her. Schmutz von ihrem Sturz klebte an ihren Ellbogen und durchzog ihr krauses Haar. Im Matsch rutschend und schlitternd, rannte sie hinter der Stute her und hielt dabei ihren Plastikschuh vor sich, wie um ein Almosen zu erbetteln.

Im Haus saß Sarah, ihre Schals und Pullover dicht um sich gezogen, rieb ihre Knie und brummelte vor sich hin. Sie hörte den Donner, sah den Blitz, der das schmutzige Zimmer erhellte, und wandte ihr wartendes Gesicht dem Bett zu. Als sie auf steifen Beinen hinüberhinkte, hörte sie keinen Laut; der schwache Atem hatte mit dem Donner aufgehört, um nicht mehr wiederzukommen.

Über die schlammbedeckte Weide stolperte Rannie Toomer und hielt ihren Plastikschuh vor sich, damit die graue Stute ihn füllte. In Spritzern und Schüben, mit Regenwasser vermischt, sammelte sie ihren Tee. Im Forttraben schnaubte die alte Stute, schlug mit ihrem großen Hinterlauf aus und warf Rannie nach hinten in den Schlamm. Sie stand auf, zitternd und weinend, hielt den Schuh fest und verschüttete nichts, bemerkte aber ein Leck, ein winziges Loch in der Stiefelspitze. Schnell legte sie den Mund darauf, über den Spalt, und knöcheltief im schlüpfrigen Schlamm der Weide und frierend in ihrem schäbigen, nassen Mantel rannte sie heim, um den noch warmen Pferdetee ihrem kleinen Snooks zu geben.

Gastmahl für Gott

John, der Sohn. Den Gott liebend,
der ihm gegeben ist.

Der Junge schnaufte und pustete und schlug nach den Fliegen, während er, das Seil fest in der Hand, den Berg hinaufstieg. Er stolperte auf dem unebenen Boden, ein Häufchen Sand und Kies sammelte sich in der Spitze seines Schuhs. Er konnte nicht stehenbleiben, um seinen Schuh auszuleeren, und konnte auch nicht stehenbleiben, um auszuruhen, denn er hatte keine Zeit. Es war schon spät am Nachmittag, und möglicherweise wurde der Gorilla schon vermißt. Allerdings hoffte er, daß man ihn frühestens morgen vermissen würde, dann hätte er noch Zeit. Er zog an dem Strick. Er mußte den Berggipfel bald erreichen, sonst würde der Gorilla noch im Gehen umfallen und auf der Stelle einschlafen.

«Komm schon», sagte er aufmunternd, und der Gorilla sah ihn mit verträumten gelben Augen an. Er hatte den ganzen Weg über beruhigend auf ihn eingesprochen, aber der Gorilla war benommen von der Medizin, die die Zoowärter ihm gegeben hatten, und antwortete nichts außer einem trägen Grunzen, tief unten in seiner Kehle. Er hoffte, mehr Glück mit ihm zu haben, wenn er morgen aufwachte.

Rings um sie waren jetzt Bäume und Gras und Kletterpflanzen, und er hoffte, daß die Umgebung dem Gorilla wohltat. Sie tat sogar ihm wohl, und er war ja ein Mensch, der keine Bäume und kein Gras und keine Kletterpflanzen brauchte. Ein schwaches Dröhnen kam von der Straße her, wo die Autos am Rand des Zoos in beiden Richtungen vorbeisausten. Sie hörten sich an wie Wespen oder große

Fliegen, dachte er, während er nach den Mücken schlug, die sein Gesicht umschwärmten. Hinter sich spürte er ein Rukken im Strick, wenn der Gorilla die Luft vor sich freifegte wie er, aber seine Bewegung war gereizt und träge, und die hervortretenden schwarzen Augenlider fielen ihm fast zu.

Der Junge, der den Gorilla führte, war jung und sehr schlank, mit ungewöhnlich schwarzer Haut, die sich über den Knochen heller zu wölben schien. Im Gesicht war die Haut durch die spitze Strenge seiner Wangen straff gespannt, und das machte seine breite, vorn abgerundete Nase noch flacher.

Eine sehnsuchtsvolle Sanftheit lag in seinem Gesicht und eine mühelose Anmut in der Art, wie er den Kopf aufrecht hielt. Nichts in seinem Gang verriet, was er gelitten hatte. Jene ersten Tage im Zoo, als er weinend vor dem Gorillakäfig stand, hatten keine Spuren von Schmerz auf seinem Gesicht hinterlassen. Die Stunde seiner Erlösung war nicht unauslöschlich auf seine Stirn geschrieben, als er den Gott umarmte, den andere – seine Mutter – für ihn erwählt hatten.

Der Junge zog fest an dem Strick, sie gingen über einen Erdhöcker, der ein halbversunkener Gesteinsbrocken war. Der Gorilla blieb plötzlich stehen, beschnüffelte gereizt den Jungen und setzte sich dann ohne weitere Vorwarnung auf den Boden. Der Junge zog noch einmal am Strick, doch der Gorilla rührte und regte sich nicht, sondern streckte sich mürrisch lang hin und schlief ein. Kurz darauf begann er zu schnarchen, und der Junge beugte sich über ihn und schaute staunend in sein offenes Maul. Drinnen war es tiefrot und rosa, mit Schwarz gesäumt, wie eine hübsche Höhle. Seine mächtig gezackten Zähne waren wie vergilbte Eiszapfen und rostfarbene Stalagmiten. Nicht weit entfernt war ein kräftiger Busch, an dem band der Junge das Seilende fest und schaute dabei einen Augenblick lang zu dem Maul zurück. Dann scharrte er Blätter und Gras und Zweige zusammen, um die Stelle ein wenig gemütlicher zu machen, an der sie die Nacht zubringen würden. Er zog unter seinem Hemd einen halben Laib Roggenbrot und eine halb mit Rotwein gefüllte Flasche hervor. Beides legte er sorgsam unter den Busch, um den er den Strick gebunden hatte. Dann verließ er den schlafenden Gorilla und entfernte sich von ihrem Lagerplatz, um ausfindig zu machen, wo sie waren.

Daß sie sich noch immer auf dem Gelände des Zoos in der Bronx befanden, wußte er, denn sie waren noch nicht an den hohen Grenzzaun gekommen. Er hatte auch gar nicht vor, den Zoo zu verlassen, deshalb störte ihn das nicht. Falls die Zoowärter den Gorilla vor Einbruch der Nacht vermißten, glaubten sie hoffentlich, daß er aus dem Zoogelände weggebracht worden sei. Dann wären sie beide nämlich in Sicherheit, bis er von dem Gorilla bekommen hatte, was er wollte, und bis der Gorilla von ihm die Huldigung erfahren hätte, die ihm zustand.

Zufrieden stellte er fest, daß er die Suchtrupps entdecken würde, falls sie den Berg heraufkämen. Es gab Bäume und Gebüsch und Rankwerk und riesige Felsblöcke, und im Notfall könnten sie – falls er den Gorilla wach bekam – kreuz und quer laufen und jeden Verfolger abschütteln. Für den Augenblick machte er sich allerdings noch gar keine Sorgen, denn er rechnete nicht damit, daß der Gorilla vor der Fütterung morgen früh vermißt wurde, und dann war schon alles vorüber.

Der Junge ging zurück zu dem Gorilla und setzte sich ins Gras. Während seines Erkundungsgangs war es dämmrig geworden, und jetzt war es schon ganz dunkel. Wie ein betrunkener alter Mann schnarchte und brummte der Gorilla im Schlaf. Vermutlich kam das von dem Medikament. Jedes Jahr um diese Zeit bekamen die Gorillas im Zoo etwas zum Schutz gegen Krankheiten eingespritzt, und das machte sie ein paar Tage lang ganz benommen. Deshalb war es auch möglich gewesen, diesen hier aus dem Käfig zu holen, ohne den ganzen Zoo in Aufruhr zu versetzen; Gorillas konnten einen Höllenlärm machen, wenn sie munter waren.

Der Junge lächelte auf die schwarze Pelzmasse neben sich hinunter. Ehrfurchtsvoll betrachtete er die Größe dieses schönen Tieres. Sanft streichelte er den Gorilla im Nacken, und der Gorilla schnarchte und seufzte dann restlos behaglich und selbstvergessen wie ein riesiges, schläfriges Baby. Laut lachend streckte sich der Junge neben ihm aus. Bald schlief er ein, und als die Luft zur Mitte der Nacht hin kühler wurde, kuschelte er sich dichter und dichter an das saubere, warme Fell des großen Affen.

Er schlief traumlos und begrüßte die langsame windlose Morgendämmerung in erregter Vorfreude. Der Gorilla schlief noch, jetzt aber weniger friedlich. So langsam müßte das Medikament seine Wirkung verloren haben, dachte der Junge. Er stand auf dem Erdhöcker über dem Kopf des Gorillas und schaute in die Richtung der Zoogebäude und des Gebäudes, aus dem er den Gorilla herausgeholt hatte. Alles war ruhig, der Wald ringsum war still. Wartend lauschte er angespannt. Bald begannen die Vögel zu zwitschern, und der Wind regte sich und bewegte die Blätter. Die Luft selbst schien lebendig. Es war wie Singen oder Fliegen, und der Junge fühlte sich froh und heiter. Er streckte die Arme über den Kopf, so hoch sie reichen wollten, und grüßte die Sonne, die sich in langsamer, ferner Majestät über einen dunstigen Himmel hob und sanft an Wolken stieß, während sie ihre Bahn zog. Der Junge schaute durch den Dunst mitten in die Sonne, entzückt über die strahlenden Flecken, die in seinem Kopf blieben und vor seinen Augen tanzten.

Der Gorilla begann zu grunzen und mit seinen stumpfen Klauen am Boden entlangzuscharren. Der Junge beobachtete ihn mit Augen, die vor heißem Stolz glänzten. Als der Gorilla sich aufsetzte und anfing, an seinem Pelz zu zupfen, wandte der Junge sich ab und machte sich daran, kleine Zweige und Moos zu sammeln, um damit ein Feuer zu machen.

Der Gorilla saß aufrecht, beobachtete ihn verdrießlich und zupfte an seinem Fell, und allmählich klärten sich seine trüben Augen wie der Himmel. Er schnüffelte in die Luft, schaute auf den Wald um ihn herum, schaute in dummer Verwirrung den offenen Himmel an, der sich in Bläue weiter und weiter erstreckte, je weiter er den Kopf nach hinten bog. Er rollte seinen riesigen Kopf auf dem Hals, als verjage er die Reste eines Kopfwehs. Er drückte auf die Stelle an seinem Gesäß, wo die große Nadel eingedrungen war. Er grunzte laut und ungeduldig. Er war hungrig.

Der Junge machte sich mit langsamen, rituellen Bewegungen daran, den Holzstoß aufzuschichten, seine schwarzen Hände liebkosten das Holz, die Blätter, sein warmer Atem bewegte die feine, federartige Trockenheit des Mooses. Seine breite Unterlippe hing vor Konzentration nach unten. Von Zeit zu Zeit schaute er zu dem Gorilla hoch und lächelte breit vor unterdrücktem Jubel.

Bald loderte das kleine Feuer. Der Junge setzte sich etwas zurück und schaute den Gorilla an. Er lächelte. Der Gorilla grunzte. Mißtrauisch kehrte er sich vom Feuer ab, wandte sich dann aber wieder um, als der Junge zu dem Busch hinüberging, die Tüte mit dem Brot holte und zurück zum Feuer kam. Der Gorilla begann sich an seinem Strick zu scheuern und dagegenzudrücken. Er roch das Brot, als es ausgepackt war, und machte eine Bewegung darauf zu. Der Strick zog ihn zurück.

«Jetzt wart doch ein Weilchen, du», sagte der Junge leise und hielt das Brot vorsichtig über die Flamme. Einen Augenblick später sprang er auf, als hätte er etwas Wichtiges vergessen. Er legte das Brot hin und band den Gorilla los. Er führte ihn zu der flachen Erhebung oberhalb des Feuers und drückte ihn sanft zu Boden. Der Gorilla setzte sich gehorsam, immer noch wie betäubt, und unter ständigem Wiegen des Kopfes. Der Junge fuhr fort, Brot zu rösten. Jedesmal, wenn ein Stück Brot durch und durch schwarz war, ließ er es in die Flammen fallen. Dann, wenn das Brot brannte, verneigte er sich tief bis zum Boden vor dem Gorilla, der wie ein behaarter, verwirrter Buddha auf der flachen Erdbank saß, die gierigen Augen, in Respekt vor den Flammen, weit aufgerissen. Jedesmal, wenn der Junge wieder ein Stück Brot aus der Tüte nahm und der Roggenduft ihn erreichte, machte der Gorilla eine Bewegung nach vorn, langsam und hoffnungslos, wie eine Schildkröte. Der Junge röstete weiter Brot, ließ es ins Feuer fallen und beugte den Kopf zur Erde. Der Gorilla schaute zu. Der Junge murmelte unaufhörlich vor sich hin. Als er sein letztes Stück Brot nahm, hielt er in seinen Gebeten inne und griff hinter sich nach dem Wein. Er öffnete die Flasche, und der Geruch, wie Rosen und Essig, stieg in die Luft und erreichte den Gorilla, der jetzt zum erstenmal ganz wach war. Der Junge beugte seinen dunklen, wolligen Kopf noch einmal zur Erde, murmel, murmel, und röstete dann das Brotende. Dann goß er, während er noch das spröde, verbrannte Brot in der Hand hielt, den Inhalt der halbvollen Weinflasche ins Feuer. Der Gorilla, der alles wie gebannt beobachtet hatte, stieß ein rauhes Geheul heftiger Mißbilligung aus.

Mit dem Rücken zu der benetzten Glut verbeugte sich der Junge kniend, noch immer sein langes, inniges Gebet murmelnd. Kniend schleppte er seinen Körper hin zu den Füßen des Gorillas. Die Füße des Gorillas waren schwarz und rauh wie seine eigenen, mit langen, schuppigen Zehen und an der Oberseite glattem, seidigen Haar, das nicht wie seins war. Ehrerbietig legte er seinem wilden Idol das Brandopfer zu Füßen. Und die Füße des Gorillas, mächtig und groß und vor Ungeduld zuckend, waren das letzte, was er sah, bevor er aus dem gewalttätigen Dschungel der Welt in das Nichts und in ein blendendes Licht gewirbelt wurde. Und der Gorilla, vor Abscheu schnaubend, riß das Brot an sich.

2
Das Leben von Johns Vater, andernorts, zu Ende gehend.

Johns Vater hatte gehört, daß in dieser letzten, erbärmlichen Sekunde das ganze Leben vor dem inneren Auge ablaufen soll. Doch er und das unscheinbare schwarze Mädchen, das seine zweite Frau war, trieben ohne viel Zeit für solche Überlegungen in diesen Augenblick hinein. Als sie den Wirbelsturm kommen hörten, der wie zwanzig wild gewordene Züge durch die Häuser in ihrer Straße krachte, packte sie das Baby und er den kleinen Jungen, und fast ohne zu merken, was der andere tat, rannten sie beide zum Kühlschrank, zogen verzweifelt die spärlichen Schüsseln mit Essen heraus, warfen eine halbleere Milchtüte durchs Zimmer und machten, wo das Gemüse und das Obst hingehört hätte, ein Plätzchen, in das die beiden Kinder sich kauern konnten. Ohne Tränen, ohne Warnung, ohne Abschied warfen sie die Tür zu.

Minuten nachdem der Zyklon die Straße dem Erdboden gleichgemacht hätte, würden Suchtrupps kommen und die Kinder immer noch in den Kühlschrank gezwängt finden. Fast tot, kalt, das Baby schreiend und nach Luft ringend, den kleinen Jungen taub vor Schreck und Kälte. Sie würden hinausgucken, aber nicht in die vertraute, schäbige Küche, sondern auf offenes Land. Vielleicht würde die Kirche oder das Rote Kreuz oder ein freundlicher Nachbar sie aufnehmen, sie zwischen andere, ähnlich verlassene Kinder betten, und zwanzig Jahre später würden das unscheinbare schwarze Mädchen und der Mann, der ihr Vater war, vergessen sein, und die Erinnerung an sie würde nur in Verbindung mit plötzlichem, gewaltsamem Eingeschlossensein an feuchtkalten Orten wieder aufflackern.

Auch dies, die Zukunft, lief vor seinem inneren Auge ab, und nicht nur *ein* vergangenes Leben, sondern zwei. In diesem Augenblick blieben seine Gedanken nur flüchtig bei dem Gott hängen, dem zu dienen er geschworen hatte, und bei der Frau, die er jetzt in den Armen hielt, und statt dessen dachte er an seine erste Frau, die Bibliothekarin, und an ihren Sohn John.

Er hatte seine erste Frau mit allem Drum und Dran kirchlich geheiratet, und sie hatte die Hochzeitsbilder retuschieren lassen, so daß er gar nicht mehr wie er selbst aussah. Auf den Bildern war seine Haut olivbraun und glatt, während sie in Wirklichkeit schwarz und stoppelig und rauh war. Er hatte seine Frau geheiratet, weil sie hellhäutig und locker und lustig war und weil sie langes rotes Haar hatte. Nach der Hochzeit hörte sie auf, ihr Haar zu färben, und ließ es schwarz nachwachsen. Und da war sie plötzlich mit dem phantasielosen schwarzen Haar und den unauffälligen schwarzen Lackschuhen, die sie immer anhatte, und den grauen Kostümen, die sie zu lieben schien, und ständig mit der Nase in den Büchern – ja, da war sie plötzlich jemand ganz Fremdes geworden.

Nachdem er bei der Post gekündigt hatte, wurde er Friseur. Er hatte gern Frauen um sich. Alte Frauen mit Dreifachkinn, die blaues oder lila Haar wollten, junge, ordinäre Mädchen, die von glänzendem Platinblond über schwarzer Haut schwärmten, sogar abgeklärte, reservierte Bibliothekarinnen wie seine Frau, die sich offenbar nichts Schöneres denken konnten, als genau so zu bleiben, wie sie waren. Frauen wie seine eigene waren ihm rätselhaft, denn je langweiliger er sie herrichtete, um so achtbarer kamen sie sich vor und um so besser gefielen sie sich.

Mit seiner Frau zu leben war weitaus schwerer, als ihr alle zwei Wochen die Haare zu entkrausen. Der Krause in ihrem Haar konnte er leicht Herr werden, doch in ihren Körper und ihre Seele einzudringen wurde zusehends schwerer. Er empfand den Kampf außerdem als demütigend.

John war unglücklicherweise zu klein gewesen, um seine Aufmerksamkeit zu fesseln. Was nicht Mangel an Liebe, sondern einfach nur Mangel an Interesse war.

Das unscheinbare schwarze Mädchen, das er dann geheiratet hatte, gehörte der *Nations*-Bewegung* an und weigerte sich, mit ihm zu ziehen, es sei denn an einen gottverlassenen Ort, wo sie solchen Mitmenschen das Wort verkünden könnten, die zuvor ohne dieses im dunkeln getappt hatten. Auch er nahm einen anderen Namen an und setzte ein X dahinter. Er fühlte sich jedoch nicht wohl mit dem X, denn jeden Morgen regte sich in ihm von neuem das Gefühl, daß er am Tag zuvor nicht existiert hatte. Als sein Unbehagen nicht weichen wollte, erklärte sich seine Frau für unfähig, das hartnäckige Andauern seiner Seelenqual zu begreifen. Er selbst wußte natürlich, was der Grund war: Ohne seinen Nachnamen würde John ihn niemals finden.

Er hatte den Jungen in den zehn Jahren einmal gesehen, als John fast fünfzehn war. Er war begierig gewesen, mit John zu sprechen, begierig, Anklang zu finden. John war begierig gewesen fortzukommen. Nicht aus Abneigung oder Wut, das war klar. John verübelte seinem Vater nicht, daß er ihn verlassen hatte, zumindest sagte er das. Nein, John wollte einfach nur noch in den Zoo in der Bronx, bevor der zumachte.

«John, das versteh ich nicht!» hatte er geschrien, verärgert darüber, sich in Konkurrenz mit einem Zoo zu befinden. Sein Sohn beobachtete mit einem neugierigen Interesse, wie seine Lippen sich bewegten, als sei es ihm unmöglich, die Worte zu hören, die herauskamen. John sah

---

* Nation of Islam, eine Black Muslim Organisation

seinen Vater voller Ungeduld und Mitleid an und mit einem Ausdruck, der eine Spur verächtlich überlegen war. Das machte ihn ganz krank, denn genau so war John selbst als Baby immer angeschaut worden. John besaß nämlich sämtliche Körpermerkmale, die in der westlichen Welt verachtet werden. John sah aus wie sein Vater. Von ehrlichem Schwarz. Die Stirn floh vom Wulst seiner Brauen nach hinten. Seine Nase war flach, sein Mund zu breit. Johns Mutter behätschelte und betätschelte ihn, aber sie haßte ihn dafür, daß er aussah wie sein Vater statt wie sie. Sie verübelte ihrem Mann, was er John «angetan» hatte. Dabei war er doch Johns Vater, warum also sollte der Junge ihm nicht ähnlich sehen?

Seine neue Frau liebte ihn inbrünstig, mit einer Art leidenschaftlicher Versunkenheit, als sei er ein Gemälde oder eine wundersame Skulptur. Sie trug seine Hautfarbe und den Schnitt seiner Gesichtszüge wie einen Orden. Sie sah ihn als einen König, der in sein Land zurückkehrte, und war bitter stolz auf alles, was ihre beiden Körper hervorbrachten.

Im Süden, in einem Staat voller Haß, mit Magnolien, Tornados und gebrochen Amerikanisch sprechenden Landarbeitern hatten sie sich niedergelassen, um eine Familie zu gründen. Die Seelen der Menschen waren so karg und flach wie das Land und hatten kaum Zeit, sich eine neue Religion einzuverleiben, die gefährlicher war als die alte. Doch sie waren beharrlich geblieben; und in diesem Kampf hatte er Frieden für sich selbst gefunden. Es stimmte schon, daß er für John verloren war, doch über die Jahre half seine Frau ihm einzusehen, das John eigentlich nur eine Nummer war, einer der Millionen von Menschen, die die Wahrheit brauchten, die ihre Religion ihnen bringen konnte. Endlich hatte er sich selbst angenommen, doch schien es, als müsse er jetzt, in dem Augenblick, in dem die Schönheit dieses Annehmens am klarsten war, auch schon Lebewohl sagen.

Ein Donnern wie von zwanzig wilden Zügen durchfuhr die Straße. Als seien sie eins, bewegten sie sich, ihre Kinder in den Armen, auf den Kühlschrank zu. Sie warfen die Lebensmittel heraus, packten die Kinder hinein. Sie schlugen die Kühlschranktür zu und eilten, selbst wie Kinder, einander in die Arme.

3
Die Mutter von John,
auf der Suche ...

Natürlich war Johns Mutter viel älter als die anderen radikalen schwarzen Dichter. Sie war in den Vierzigern, und die meisten waren in den Zwanzigern oder frühen Dreißigern. Sie sah allerdings noch jung aus und befleißigte sich derselben flammenden Rhetorik wie sie. Sie wurde in der Szene bald sehr geschätzt, weil sie prägnante, sarkastische, unerwartete Sachen sagte und weil sie die anderen Dichter auf witzig harmlose Art angriff. Studenten, die sie lesen hörten, lachten fast immer laut heraus und hoben die Fäuste und trampelten und brüllten: «Recht so!» Sie empfand das als große Genugtuung, denn mehr als alles auf der Welt wünschte sie den Kontakt mit Jüngeren. Was nicht bedeuten soll, daß sie die Schwarze Revolution dazu benutzt hätte, den Bruch zwischen den Generationen zu überspielen, sondern nur, daß dies für sie das ideale Mittel war, sich selbst vor früheren Formen des Irrtums zu bewahren.

Nein, sie hatte nicht, wie einige andere Dichter es von sich behaupteten, bedingungslos an Gewaltlosigkeit oder an Martin Luther King geglaubt (sein südlicher Akzent war ihr aufdringlich, seine christliche Berufung lächerlich erschienen), noch hatte sie je als Alibineger in einer von Weißen kontrollierten Organisation gearbeitet. Sie hatte niemals als einzige Schwarze eine interrassische Veranstal-

tung besucht, und selbstverständlich waren alle ihre Liebes-
affären korrekt gewesen.

Andererseits war ihre Ehe mit einem Postbeamten im
niederen Dienst, der zwar schwarz war, aber vom Temperament her nicht zu ihr paßte, jahrelang schlecht gelaufen
und kurz nach der Geburt eines Sohnes schließlich völlig
auseinandergebrochen. Und jetzt konnte man sie zwar von
einer Küste bis zur anderen auf das vornehme College im
Süden, das sie besucht hatte, fluchen hören, weil es ihr
revolutionäres Wachstum gehemmt und Ansätze zu weißem Denken ermutigt hatte; und man hörte, wie sie
schwarze Prediger, Lehrer und Anführer beschimpfte, daß
sie Eunuchen, «Oreos»* und Schwuchteln seien; aber letzt-
endlich war es der Sohn ihrer gescheiterten Ehe, der ihren
Gedichtvorträgen das Feuer gab. Er wurde natürlich niemals erwähnt, und keiner der Studenten, die sie unterrich-
tete und denen sie ihre Gedichte vorlas, wußte von seiner
Existenz.

Er war schon drei oder vier Jahre tot, als ihr erstmals der
Gedanke kam, ein Gedicht zu schreiben; vorher war sie
Hilfsbibliothekarin in einer Zweigstelle der Städtischen Bü-
cherei von New York gewesen. Ihr Sohn war im Alter von
fünfzehn Jahren unter ziemlich sonderbaren Umständen
gestorben, nachdem er einen großen, wilden Gorilla aus
seinem Käfig im Zoo in der Bronx geholt hatte. Nur seine
Mutter war fähig gewesen, die Einzelheiten seines Todes
stückweise zusammenzusetzen. Sie sprach jedoch nicht
gern darüber und verbrachte danach zwei Monate in einem
Sanatorium, wo sie Knoten um Knoten in einen ihrer Ny-
lonstrümpfe knüpfte, um ein Strumpfkäppchen für einen
kleinen Jungen zu machen.

Ein Jahr nachdem sie aus dem Sanatorium entlassen
worden war, schnitt sie ihr zu einem Nackenknoten aufge-

* Plätzchen, die außen schwarz und innen weiß sind.

stecktes Haar ab, entledigte sich ihrer hochhackigen Lackschuhe zugunsten von Sandalen und Stiefeln und kaufte für einen Dollar fünfzig ihre ersten großen Ohrringe. Kurze Zeit später kaufte sie ein Dutzend Meter eines mit afrikanischem Muster bedruckten Stoffs und nähte sich mehrere bunte, kuttenähnliche Gewänder daraus. Und in einer Anwandlung von Seelenpein ritzte sie sich eines Tages kleine, kunstvolle Opfermale auf die Wangen. Sie versuchte auch, ohne Büstenhalter zu gehen; aber da sie füllig gebaut war, mit üppigen Brüsten, bekam sie Rückenschmerzen davon und mußte es aufgeben. Ihren Hüftgürtel aber warf sie für immer fort.

Sie hätte eine auffallende, imposante Gestalt sein können mit ihrem flaumigen kurzen Haar und ihrem großen stattlichen Körper – ihre Haut war schön, und erstaunlicherweise betonten die Opfermale den noblen Ernst ihrer Wangenknochen noch –, aber ihre Augen waren zu klein und hatten die Neigung zu flackern, was ihr eine mißtrauische Knopfäugigkeit gab, einen Blick, der etwas Zustoßendes, Krallendes hatte.

Die Studenten, die während ihrer Lesungen so lebhaft applaudierten, blieben fast niemals da, um anschließend mit ihr zu reden, und sogar nach stehenden Ovationen verließ sie die Hörsäle ohne Begleitung, denn auch die Institutsleiter, die sie eingeladen hatten, fanden in der Regel einen Grund, ein paar Minuten vor Ende ihres Vortrags hinauszuschlüpfen und sich davonzumachen. Das Honorar für ihre Lesungen bekam sie mit der Post.

Und manchmal, nachdem sie zugesehen hatte, wie die Studenten sich umdrehten und hinausgingen, miteinander lachten und witzelten, und die Brust mit dem neuen schwarzen Stolz und dem Bewußtsein ihrer Schönheit hoben, die ihre Gedichte ihnen eingegeben hatten, lehnte sie sich an das Pult und legte die Hände über die Augen, und sie spürte eine Schwäche in den Beinen und einen Schmerz im

Hals. Und da sah sie fast immer ihren Sohn in einer der hinteren Reihen sitzen, die Hände im Schoß gefaltet, die Augen strahlend vor Begeisterung über ihre Lehren, den dünnen jungen Rücken hoch aufgerichtet.

Nach seinem Tod hatte sie ihm den Namen Jomo gegeben. Leise rief sie zu ihm hinüber: «John?», «John?», *«Jomo?»* Er antwortete zwar nie, aber er kam herunter zum Pult geschlendert und stand wartend da, während sie ihre Notizen, ihre Gedichte, ihre Zeitungsausschnitte (ihre umfangreiche Sammlung der Irrtümer anderer) zusammenpackte. Er wartete, bis sie sich die Augen gewischt hatte. Dann ging er mit ihr bis zur Tür.

Das Tagebuch
einer afrikanischen Nonne

Unsere Missionsschule liegt in Uganda am Fuße herrlicher Berge und bietet Reisenden Unterkunft. Bei Tageslicht Klassenzimmer, wenn die Sonne untergeht, ein Hotel.

In den Augen aller, die hierherkommen, ist die Frage zu lesen: Warum bist du – so jung, so hübsch (vielleicht) – eine Nonne? Die Amerikaner können meine Demut nicht verstehen. Ich bringe ihnen saubere Bettwäsche und Handtücher und gebe ihnen ihr viel zu vieles Geld und ihr freundliches Lächeln zurück. Die Deutschen sind ganz anders. Sie bieten kein Geld an, sondern Lob. Der Anblick einer schwarzen Nonne trifft sie an ihrer sentimentalen Stelle; und da ich unabänderlich im Heimatboden verwurzelt bin, sehen sie mich als primitives Kunstwerk an, eingehüllt in eine magische Farbe; die Verkörperung der Zivilisation, des Kampfes gegen das Heidentum und die Frucht einer triumphierenden Idee. Sie sind voll kühler Leidenschaft und lächeln mich gierig an mit forschenden Kristallaugen von leuchtendem, geschichtsträchtigen Blau. Die Franzosen finden mich *charmant* und würden gern ein Bild von mir malen. Die Italiener, an Ordenskleidung gewöhnt, beschäftigen sich mit den riesigen Küchenschaben in den Latrinen und würdigen mich keines Blickes – es sei denn eines vorwurfsvollen wegen des Ungeziefers.

Ich bin, vielleicht, so wie ich sein sollte. *Gloria Deum. Gloria in excelsis Deo.*

Ich bin verheiratet mit Christus, verheiratet mit der katholischen Kirche. Verheiratet mit einem zölibatären Märtyrer und Heiligen. Ich bin hier in dieser Gemeinde geboren, einem Dorf, das amerikanische Missionare «zivilisiert» haben. Mein ganzes Leben habe ich hier verbracht, eine Fußreise von den Ruwenzori-Bergen entfernt – Berge, die sich nur einmal im Jahr zeigen, in der sengenden Hitze des Frühlings.

2

Als ich noch klein war, kam ich jeden Tag in leuchtend-blauer Schuluniform und barfuß zur Missionsschule. «Guten Morgen», rief ich jedem zu, den ich traf. Aber vor allem den Nonnen und Priestern, die an meiner Schule unterrichteten. Ich wußte damals nicht, daß sie keine Kinder haben konnten. Sie kamen mir so produktiv vor und von intensivem, majestätischem Leben erfüllt. Ich wollte so sein wie sie, und jetzt bin ich es. In Weiß gehüllt wie die Berge, die ich von meinem Fenster aus sehe.

Mit zwanzig erwarb ich mir das Recht, dieses Kleid zu tragen, es nie abzulegen, immer in kaltem Wasser zu baden, auch im Winter, und mein gestutztes Haar wohlbedeckt, meine Nägel sauber und ordentlich geschnitten zu halten. Die Jungen, die ich als Kind kannte, sind jetzt freundlich und sanft zu mir, und ich sehe, daß sie verheiratet sind und ihre Kinder küssen, jedes von ihnen verkörpert so viel von dem, was unser Herz sich wünschte – hat er nicht gesagt: «Lasset die Kindlein zu mir kommen.»? –, aber dieses Glück war uns noch nicht beschieden und wird es nie sein.

3

Abends sitze ich bis sieben in meinem Zimmer, dann gehe ich gehorsam zu Bett. Durch das Fenster höre ich die Trommeln, rieche den Duft von Ziegenfleisch, spüre den Rhythmus der Festgesänge. Und als Antwort darauf singe ich meine eigenen Gesänge: «*Pater noster, qui es in caelis, sanctificetur nomen tuum, adveniat regnum tuum, fiat voluntas tua, sicut in caelo et in terra . . .*» Mein Gesang ist nicht so alt wie das, was sie singen. Das wissen sie nicht – und es interessiert sie auch nicht.

Interessiert es *mich*? Zweifle ich immer noch, ob es mein Bräutigam war, der körperlos vom Himmel herabkam, Sohn eines stolzen Vaters und fleischgeworden auf der Erde, der mich als erster nahm und die Unschuld meines Körpers für sich beanspruchte? Oder ob es die Trommelschläge waren, Boten des heiligen Tanzes des Lebens und der Unsterblichkeit auf Erden? Muß ich mich immer noch danach sehnen, in diesem schwarzen Kreis um das rote, glühende Feuer zu sein, den Atem der Liebe heiß an meinen Wangen zu spüren und den Geruch der Liebe heftig um meine wartenden Schenkel! Muß ich noch immer zittern bei dem Gedanken an die Leidenschaften, die unter diesem gewaltigen, raschelnden Schnee erstickt werden!

Wie lange muß ich hier am Fenster sitzen, bevor es mir gelingt, dich vom Himmel herabzulocken? Bleicher Liebhaber, der vom Tanz nichts weiß und ihn nicht tanzen kann!

Ich trage deine Farben, deine Tracht, ich gehöre dir. Warum kommst du nicht herab und nimmst mich! Bist du noch leidenschaftsloser als dein Vater, der nahm, aber sein Gesicht nicht zeigte?

4

Ruhe, bevor der Tanz weitergeht – jetzt werden sie den Wein bereitstellen und das Ziegenfleisch in zähe Streifen schneiden. Zähne werden hineinschlagen, es zermalmen. Grausame, gierige, fettige Lippen werden sich darüber schürzen in einer Ekstase, die kein Ende findet, wo immer es Ziegen und Männer gibt. Der Wein ist heiß vom Feuer; er wird durch den obszönen Sabber auf diesen Lippen schneiden, sie werden ihr Ziegenfleisch vergessen und sich jenem anderen zuwenden.

Um Mitternacht wird ein junges Mädchen zu dem Kreis kommen; in Schwarz gehüllt, wird sie mit niemandem sprechen. An vielen Tagen hat sie zu allen guten Morgen gesagt, jetzt hat sie sich entschlossen, so zu sein wie sie. Sie wird den Tanz beginnen – und alle Augen verfolgen die blauen Blitze ihres geölten, glatten Körpers, alle Herzen schlagen im gleichen Rhythmus wie das flache Klacken ihrer staubigen Füße. Sie wird für ihren Liebsten tanzen, die Arme gen Himmel gereckt, aber die Augen auf ihren Liebsten gerichtet, der einer in der Menschenmenge ist. Er wird mit ihr tanzen, und das Tempo wird immer schneller. Jeder einzelne unter ihnen kann sehen, wie ihre Knie schwach werden, kann in den eigenen Lenden spüren, wie sich ihre kreisenden Schenkel lockern. Ihr Liebhaber läßt sie warten, bis sie in Ekstase ist, sich die Kleider vom Leibe reißt und an dem enganliegenden Tuch zupft, das er trägt. Die Augen der Menschenmenge sind vergessen. Als sie im ältesten aller Tänze zucken, wird die Erregung unerträglich. Die roten Flammen lodern, und die purpurfarbenen Körper fallen in sich zusammen und sind still. Und das Tanzen beginnt von neuem, und die ganze Nacht ist eine Wiederholung des Tanzes des Lebens und des brünstigen Feuers der Schöpfung. Endlich bricht die Dämmerung an, freudig begrüßt von Babygeschrei.

5

«Vater unser, der du bist im Himmel, geheiligt werde dein Name, dein Reich komme, dein Wille geschehe . . . Würde die Ekstase im Himmel auch so heftig sein und so süß?

«Süß, Schwester», werden sie sagen. «Haben wir dich noch immer nicht bekehrt? Willst du noch immer ein Kannibale sein und das Leben aufessen, das Christus ist, weil es deinem Gaumen wohltut?»

Was soll ich meinem Bräutigam antworten? Die Wahrheit würde Vergessen bedeuten, vergessen zu werden für noch einmal tausend Jahre. Und dennoch, vielleicht werde ich ihm, der mich nahm, dies zur Antwort geben:

«Geliebter, laß mich dir von den Bergen erzählen und vom Frühling. Die Berge um uns herum sind schwarz, nur der Schnee gibt ihnen ihre eisig-weiße Farbe. Im Frühling läßt der heiße schwarze Boden die Schneekruste auf den Bergen schmelzen, und das Wasser brennt und reinigt bei seinem Lauf über die glühenden Felswände die nackten Körper, die sich darin waschen kommen. Wenn der Schnee schmilzt, dann bestellen die Leute hier ihre Felder; der Boden in den Bergen ist reich, und er trägt gute Früchte im Überfluß.

Was haben ich oder meine Berge mit einer kinderlosen Ehe zu tun oder mit Augen, die nur den Schnee sehen können, oder mit dir oder deinen Freunden, die nicht glauben, daß du wirklich tot bist – fromme Gläubige, die noch nicht erkannt haben, daß Unfruchtbarkeit Tod bedeutet?

Vielleicht könnte ich auch sagen: ‹Laß mich in Ruhe, ich werde dein Werk tun.› Oder, und das ist wahrscheinlicher, ich werde nichts davon sagen, wie sehr es mich betrübt, daß dein Glaube an den Frühling nicht stark genug ist . . . Doch was ist dein Glaube an den Frühling und das ewige Schmelzen des Schnees – wirst du fragen – anderes als mein Glaube an die Auferstehung? Wie könnte ich dich, der du so weise bist, davon überzeugen, daß mein Glaube mehr Früchte trägt?»

Wie eine unfruchtbare Welt das Tanzen lehren? Das ist der Widerspruch, der die Welt spaltet.

Mein Mund muß also schweigen, obwohl mein Herz

zum Dröhnen der Trommel hüpft, wie zum letzten starken Puls des Lebens in einer sterbenden Welt.

Denn bald, eines Tages, werden die Trommeln schweigen. Ich werde mithelfen, daß sie auf ewig verstummen. Um meinem Volk ein Leben zu sichern auf dieser Welt, muß ich zu den Lügnern gehören und sie das Sterben lehren. Ich werde ihre Tänze verwandeln in Gebete zu einem leeren Himmel, ihre Liebhaber in Tote und ihre Babies in ungesungene Gesänge, die jeden Frühling ihre Kehlen würgen.

6

So wird die in einer lieblosen, unfruchtbaren, hoffnungslosen westlichen Ehe Vermählte einem anpassungsfähigen Volk die Freuden einer aufgeklärten Religion verkünden.

Die Blumen

Es schien Myop, während sie leichtfüßig vom Hühnerstall zum Schweinekoben und von dort zum Räucherhaus hopste, daß die Tage noch nie so schön gewesen waren wie jetzt. In der Luft lag eine Frische, die ihre Nase prickeln ließ. Mais und Baumwolle, Erdnüsse und Kürbisse wurden geerntet, und das machte jeden Tag zu einer goldenen Überraschung, die ihr aufgeregte kleine Schauer vom Kinn über die Wangen jagte.

Myop hielt einen kurzen, knorrigen Stock in der Hand. Mit dem schlug sie aufs Geratewohl nach Hühnern, die sie gerne mochte, und trommelte auf dem Zaun um den Schweinekoben ein Lied. Sie fühlte sich in der warmen Sonne leicht und wohl. Sie war zehn, und es gab für sie nichts auf der Welt als ihr Lied, den Stock, den sie mit der dunklen braunen Hand umfaßt hielt, und das ta-ti-ta-ta-ta der Begleitmusik.

Sie kehrte dem rotbraunen Holz des Pächterhäuschens, in dem ihre Familie wohnte, den Rücken und lief am Zaun entlang, bis er an den von der Quelle kommenden Bach führte. Rings um die Quelle, aus der die Familie Trinkwasser schöpfte, wuchsen silbrige Farne und wilde Blumen. An den flachen Ufern wühlten Schweine. Myop beobachtete die winzigen weißen Bläschen, die durch die dünne schwarze Erdschicht brachen, und das Wasser, das lautlos hochstieg und den Bach hinunterfloß.

Sie war schon viele Male durch die Wälder hinter dem Haus gestreift. Im Spätherbst nahm ihre Mutter sie oft mit, um unter dem am Boden liegenden Laub Nüsse zu suchen. Heute ging sie ihrer eigenen Wege, sprang hierhin und dahin und achtete nur flüchtig auf Schlangen. Außer verschiedenen Farnen und Blättern, die nichts Besonderes, aber hübsch waren, fand sie einen Armvoll seltsamer blauer Blumen mit samtigen Rändern und einen Gewürzstrauch, der mit braunen duftenden Knospen übersät war.

Um zwölf Uhr hatte sie beide Arme voll von gefundenen Pflanzen und war eine Meile oder weiter von zu Hause entfernt. Sie war schon oft so weit draußen gewesen, aber heute machte die Fremdheit der Umgebung ihren Streifzug weniger vergnüglich als sonst. Es kam ihr düster vor in der Blätterhöhle, in der sie sich befand. Die Luft war feucht, die Stille dicht und tief.

Myop schlug einen Bogen zurück zum Haus, zurück zur Friedlichkeit des Morgens. Und in diesem Augenblick trat sie direkt in seine Augen. Ihre Ferse verfing sich in der gebrochenen Furche zwischen Stirn und Nase, und sie faßte rasch und ohne Angst hinunter, um sich zu befreien. Erst als sie sein nacktes Grinsen sah, stieß sie einen kleinen überraschten Schrei aus.

Der Mann war groß gewesen. Von den Füßen bis zum Hals war es ein langes Stück. Der Kopf lag neben ihm. Als sie das Laub und die Erd- und Steinschichten beiseite schob, sah Myop, daß er große weiße Zähne gehabt hatte, die jetzt alle gesprungen oder herausgebrochen waren, lange Finger und sehr große Knochen. Seine Kleider waren verrottet bis auf ein paar Fäden blauer Baumwolle von seinem Arbeitsanzug. Die Schnallen des Anzugs waren grün geworden.

Myop sah sich aufmerksam um. Ganz dicht bei der Stelle, wo sie in den Kopf getreten war, wuchs eine wilde rosa Rose. Als sie sie pflückte, um sie in ihren Strauß zu stecken, bemerkte sie eine Erhöhung, einen Ring um die Wurzel der Rose. Es waren die verrotteten Überreste einer Schlinge, ein Stückchen zerfetzte Flachsschnur, die allmählich mit der

Erde verwuchs. Am überhängenden Ast einer hohen, ausladenden Eiche hing noch ein Stück. Ausgefranst, verrottet, verblichen und mürbe – kaum mehr vorhanden –, aber sich rastlos im Wind drehend. Myop legte ihre Blumen hin.

Der Sommer war vorüber.

Wir trinken den Wein
in Frankreich
(Harriet)

«Je bois, tu bois, il boit, nous buvons, vous buvez . . .»

Sie sehen auf merkwürdige Art aus wie ein Bild von Daumier. Er, den man sofort als «alt» erkennt; sie, die «Jugend» mit braunen Wangen. Seine dünne Gestalt beugt sich über sie, so daß der zweireihige Nadelstreifenanzug darüber am Ende des Rückens auseinanderzuplatzen scheint. Sein Profil wirkt verspannt und flach durch seine fahle Blässe; daran ändern auch die flinken braunen Augen mit dem nervösen Zucken in den Winkeln und die schweren schwarzen, mit etwas Weiß durchsetzten Brauen nichts. Der Schweiß bildet einen grauen Strich über dem Mund, wie ein künstlicher Schnurrbart. Seine langen Finger, die fahrig etwas ordnen, deuten dabei auf die Wörter auf dem Blatt auf ihrem Tisch.

Sie sitzt weit unten. Ihr Hals beugt sich nach hinten, so daß ihr Gesicht sich seinem nähert. Sie ist klein und hat runde Brüste und zerzaustes Haar, das bis auf den Pony streng zurückgekämmt ist. Ihre Augen sind wie die Linse einer Kamera. Jetzt klicken sie zu. Jetzt öffnen sie sich und saugen das Licht ein. Etwas, eine Art Licht, geht von ihnen aus und scheint auf den Französischprofessor. Er wundert sich plötzlich über die Mischung von Orange und Braun in ihrer Haut.

«En France, nous buvons *le vin!»* Sein Atem trifft sie mit aller Gewalt. Sie zieht den eigenen Atem ein. Das macht ein keuchendes Geräusch, das ihn schockiert. Er schnellt senkrecht in die Höhe. Hat etwas Steifes, Entgeistertes an sich, mehr wie ein Daumier als je zuvor. Das Mädchen schreckt

auf, fragt sich, warum er so schnell zurückgezuckt ist. Denkt, er will nicht, daß sein Atem sich mit ihrem mischt. Einen heißen, wirren Moment lang fühlt sie sich unterlegen.

Der Professor verschanzt sich hinter seinem Tisch. Seine Augen jagen über die anderen Köpfe in der Klasse. Er fragt sich, was sie mitbekommen. Sie sind noch schlimmer als erwachsene Ausländer; sie sind Kinder. Wenn sie ihn vom Fenster aus zum Postamt gehen sehen, holen sie ihre Freunde, um gemeinsam herunterzuschauen auf seine beginnende Glatze. Im Klassenzimmer beobachten sie ihn mit professionellem Blick, ihre braunen Augen ebenso argwöhnisch wie seine eigenen. Das blauäugige Mädchen erbittet und verweigert dann Gemeinschaft. Mit ihm. Mit den anderen. Ihre Haut ist weiß wie die Zimmerdecke. Die braunen und rosigen Hautfarben um sie herum geben ihr keine Chance, Schönheit zu entfalten. Sie wird ausgelöscht durch die Skala der Farben. Deswegen tut sie ihm irgendwie leid. Aber das geht schnell wieder vorbei. Er ist sich ihres Elends zu sehr bewußt, um es je anzusprechen. Als er die Klingel hört, wendet er sich von ihr ab. Einen Moment lang kreuzt sein Blick den des Mädchens, die nie ihre Aufgaben macht. Sie träumt, hat die Klingel nicht gehört, ist völlig entrückt. Einen Moment lang läßt sie sich in seinen Blick ziehen, aber dann kommt der Klick, und ihre Augen verlieren jeden Ausdruck. Als sie an der Tür an ihm vorbeigeht, flattert sein Herz wie alte, von einem Windstoß in einer Gosse aufgestörte Zeitungen.

2

Der Professor geht seine Post holen; es ist eine Illustrierte und ein Brief aus Mexiko; da will er hin, sobald es Sommer ist. Er kann es kaum erwarten, Mississippi zu verlassen, um

noch mehr Sonne zu haben. Seit er vor drei Jahren hierher-
kam, hat die Schönheit um ihn herum allmählich von ihm
Besitz ergriffen. Er kann sie nicht mehr ignorieren, und sie
tut ihm weh, furchtbar weh. In Mexiko wird er Schönheit
finden, die einen noch langsamer ergreift. Wenn die weh
tut, wird er Länder noch tiefer im Süden erforschen. Schönheit, die ihm zu Bewußtsein kam, hat ihn um die ganze Welt
getrieben. Er faltet den Brief zusammen, sieht mit Entsetzen
die engen Wände und die niedrige Decke des Postamts, läuft
hinaus in den hellen Sonnenschein.

3

Harriet ist ein häßlicher Name. Sie fragt sich, ob er auf
französisch besser klingen würde. Sie beugt sich unter dem
Gewicht von sechs großen und schweren Büchern nach
vorn. Sie ist nicht dumm, wie der Französischprofessor
meint. Sie ist in der Tat ganz intelligent. Wenigstens sagen
das ihre anderen Lehrer. Sie wird jedes einzelne von den
dicken Büchern in ihren Armen lesen, obwohl es keine Bücher sind, die sie lesen muß. Sie versucht, das Wesen davon
zu erspüren, was andere Leute gelernt haben. Es zu verdau-
en, bis es wie Brot wird und sie nährt. Sie ist das hungrigste
Mädchen im ganzen College.

Sie sieht, wie der Professor seine Post hervorholt; den
Brief, den er liest, und die Illustrierte, die er unter den Arm
klemmt. Während sie auf das Schwarze Brett guckt, wo
Tanzabende angekündigt werden, zu denen man sie nicht
einladen wird, erfaßt die Panik, mit der er flieht, auch sie.
Sie fragt sich, ob es in seinem Brief um jemand ging, der
gestorben ist.

Später, im Auto, ist ihr Körper wie ein Klotz, der lediglich atmet. Sie spürt die Hände ihres Freundes, trocken und jung, wie sie die hinderliche Kleidung aus dem Weg räumen. Den Griff einer Hand an ihre Brüste, fast richtig, dann ein Drücken, das nichts bewirkt. Sie spürt, wie sie auf dem Vordersitz des Autos nach hinten geschoben wird, das Gewicht, das sie niederdrückt, die egoistische, gierige Bewegung, die sie einkeilt, durchbohrt. Als es vorbei ist, wundert sie sich, daß sie sich noch setzen kann, wie an den Sitz genagelt war sie sich vorgekommen. Während sie sich aufsetzt und aus dem Fenster schaut, sagt sie: «Ja, es war gut.» Sie denkt nicht an die Bewegung, die gegen ihren Bauch geschlagen hat, sondern an ihren vollständig korrekten Umgang mit dem Wort *boire: Je bois, tu bois, il boit, nous buvons ...*

Als sie zum Campus zurückfahren, kommt sie sich vor wie außerhalb des Autos, ganz weit weg von den Händen, die das Lenkrad halten. Sie beeilen sich. Wenn das Tor geschlossen ist, muß sie über die Mauer klettern. Dafür könnte sie von der Schule verwiesen werden. Der Junge schwitzt, aus Angst um ihrer beider Sicherheit, um die Zukunft, die er sich vorstellt. Über Mauern klettern zu müssen ist ihr lästig, aber die Demütigung, erwischt zu werden, ist ihr unvorstellbar. Der Knoten hinter ihrem Ohr, ein Polizist hat sie vor zwei Tagen dorthin geschlagen, fängt an zu pochen. Aber sie sind nicht zu spät dran. Sie geht die zwei Häuserblocks bis zu dem Eingang zum Campus zu Fuß, dann an dem zwinkernden Posten vorbei, riecht den Alkohol seines Atems, als er hinter ihr herschnüffelt. Sie versteht das nicht, diese Ungerechtigkeit, dieses Eingeschlossensein, und versucht, zu diesem Thema einen abstrakten Satz in makellosem Französisch zu konstruieren.

Der Professor wird Cottage Cheese, ein weiches Ei, ein Glas Milch und Sahne zu sich nehmen. Er hat ein Magengeschwür und muß vorsichtig sein. Er fragt sich, ob Mademoiselle Harriet bemerkt hat, wie er immer aufstoßen muß und sich über den Bauch streicht. Er muß wirklich aufhören, an sie zu denken. Muß sich auf sein Alter besinnen. Daß der Tod schon einmal die Hand nach ihm ausgestreckt hat. Daß ihm der Geruch von Asche anhaftet und ihr der von Erde und Sonne.

Als er seine farblose Mahlzeit einnimmt, fällt ihm die Illustrierte ein. Er schlägt sie auf und findet seine eigene Geschichte darin; eine Geschichte, die er geschrieben hat, um den neuen Schmerz durch den alten zu verdecken. Es ist eine Geschichte über das Leben im Konzentrationslager. Das Lager, das seine Frau und seine Tochter verschlungen und aus ihren Knochen Dünger gemacht hat. Er ruft sich den polnischen Winter ins Gedächtnis, kalt und feucht und in seiner Erinnerung ständig dunkel; den strengen Rhythmus der langen Märsche, blutende Füße. In der Geschichte ist alles drin; sieben Jahre des Hungerns, Frierens, des Todes. Die Redaktion beschreibt seine Flucht mit Worten, die nach Sensation riechen. Sein Überleben – so wie sie es darstellen – erscheint abnorm. Er ist ein Monster, weil er jetzt nicht in den abgelegenen Wäldern Polens die Radieschen von unten anguckt. Ein Krimineller, weil er Europa durchquert hat, ohne abgeschlachtet zu werden; weil er in Frankreich auftauchte und schon die Sprache beherrschte. Weil er Eltern hatte, die einem Bildungsideal anhingen, das ihnen am Ende überhaupt nichts nützte!

Der Autor ist heute Professor für Französisch an einem College für schwarze Mädchen im tiefen Süden.

Empört wirft der Professor die Beglaubigung seiner Existenz durch das Zimmer.

«*Mon Dieu, quelle femme!*» Harriet betrachtet ihren nackten Körper prüfend im Spiegel. Sie stellt sich vor, daß der Professor die Feuerleiter vor ihrem Fenster hochklettert, daß er lächelnd hinter den Vorhängen hervorkommt, daß sie die Hand nach ihm ausstreckt, ganz nackt und warm, und er vergräbt seine kalte Nase und seine kalten Lippen in das heiße Fleisch ihrer bloßen Schulter. Ausgezogen (sie stellt sich ihn zuerst in langer roter Unterwäsche vor) beugt er sich über sie auf dem Bett und schaut sie an.

Dann miteinander ins Bett. Dort liegen sie und reden. Denn er hat nichts Drängendes an sich; so dumm ist er nicht mehr, in seinem Alter. Er streichelt sie am Hals unter dem Ohr und erzählt aus seinem Leben. Erklärt die blau eingeprägten Zahlen, die sie unter seiner Manschette hat hervorlugen sehen – einer Manschette, die er ständig zurechtzupft. Denn von Geschichte hat sie keine Ahnung. Weder von ihrer eigenen noch von seiner. Er muß ihr sagen, warum er sich da hat tätowieren lassen, bloß um dann ständig zu versuchen, es zu verstecken. Er muß ihr versprechen, daß er sich nicht mehr genieren wird, in der Klasse seine Jacke abzulegen, vor allem an heißen Tagen, wenn er sich ganz offensichtlich elend fühlt. So viel, was er ihr erzählen muß . . . Aber inzwischen hat ihr Körper ihn vollkommen gewärmt. Sein Körper scheint zu schmelzen, den ihren zu umfluten. Sein Mund, weicher, spielt mit ihren Brüsten, mit den Brustwarzen, berührt sie leicht wie eine Feder. Seine Hände finden, entdecken Stellen an ihrem Rücken, ihren Seiten. Sie nimmt ihn in sich auf, will ihn nicht wieder jung machen, denn sie ist bereits dort, wo er sich im Alter befindet.

Ein Klopfen, barsch und hallend, kündigt die Nachtkontrolle und die Hausmutter an. Harriet hat noch Zeit, in ihr Nachthemd zu schlüpfen und «Ja, Ma'am» zu murmeln, bevor das graubraune Gesicht, das jeden Traum vertreibt, streng in das Zimmer platzt.

7

Einmal im Bett, läßt der Professor sich gehen. Er denkt hungrig an seine dumme Schülerin. Er kann sich an sie erinnern von der allerersten Unterrichtswoche an; ihre undeutliche, sanfte Sprechweise, die er schwer verständlich fand, ihre langsame Auffassungsgabe – weit hinter dem fast weißen Mädchen mit den blauen Augen zurück, die französische Sätze büschelweise verschlang, wie ein Pferd Gras frißt –, ihre seltsamen braunen Augen, so voll Trauer über ihre Unwissenheit, daß man hätte meinen können, sie seufzten. Sie ist jünger als das Enkelkind, das er hätte haben können – und dümmer, setzt er hinzu. Aber er kann sie sich nicht als Kind vorstellen. Jung, das schon. Aber nicht als Kind. Sie bringt den Geruch der Gefängnisse des Südens mit sich in die Klasse, und Hunderte von wunden, marschierenden Füßen, und den wehen Klang der Freiheitslieder, die er aus der Kirche gehört hat, das Wimmern der Seelen, denen blutige Ewigkeiten bevorstehen am Ende von jeder ganz und gar toll gewordenen Straße.

Ihre Sprache, die er für schlecht und ungeschult gehalten hatte, wird zu ihrer Person; die traurigen Augen haben Wunden hinterlassen, wo sie ihn trafen. Er träumt sich in ihre Lieder hinein. Holt das Geld für die Geschichte von der Bank und kauft zwei Tickets nach Mexiko, liegt offen mit ihr am Strand, rühmt die sanfte Rundung ihrer Nase, das tiefe Braun, das er sich an ihren Zehen vorstellen kann, läßt seinen Körper braten, damit sie sich ähnlicher werden. Alle Liebe seines elenden Lebens häuft er ihr in den Schoß.

Als er aus dem Traum erwacht, steht Schweiß auf seiner Stirn, wo sich vor Jahren schwarzes Haar ringelte und ihm ins Gesicht fiel. Und er weint, ohne andere Tränen als den Schweiß, und als er sein Gesicht zur Wand dreht, arbeitet er bereits den Wortlaut seiner Kündigung aus und kauft im Geist Prospekte über Südamerika.

8

«*Nous* buvons *le vin*», übt Harriet, bevor sie den Klassenraum betritt, bevor sie ihn sieht. Aber die Lektion für heute ist schon weiter. Jetzt ist es *Nous ne buvons* pas *le vin*», das der Professor sie zu wiederholen zwingt, bevor er sich zum letztenmal hinter seinem Schreibtisch versteckt.

Sterben kommt nicht
in Frage

«Sterben? Kommt nicht in Frage!» pflegte mein Vater zu sagen. «Die Kinder hier wollen Mr. Sweet!»

Mr. Sweet war Diabetiker und Alkoholiker, und er spielte Gitarre und wohnte am anderen Ende unserer Straße auf einer verlassenen Baumwollfarm. Am meisten kamen meine älteren Geschwister in den Genuß von Mr. Sweet, denn als sie klein waren, hatte er noch einige Jährchen vor sich und konnte also unzählige Male vom Rande des Todes zurückgerufen werden – wann immer die Stimme meines Vaters zu ihm auf sein Sterbelager drang. «Sterben? Kommt nicht in Frage, Mann!» pflegte mein Vater zu sagen, wobei er die Ehefrau von der Bettkante schob (in Tränen aufgelöst, obwohl sie wußte, daß dieser Tod nicht notwendigerweise der letzte war, es sei denn, Mr. Sweet wollte es so). «Die Kinder hier wollen Mr. Sweet!» Und wie sie ihn wollten! Denn auf ein Zeichen von Vater drängten sie sich ums Bett, warfen sich auf die Decken, und das jeweils Kleinste übersäte sein runzliges braunes Gesicht mit Küssen und begann ihn zu kitzeln, so daß er tief unten im Bauch lachen mußte, und sein Schnauzbart, der lang war und wild wucherte, zitterte wie Spanisches Moos und war auch von der gleichen Farbe.

Mr. Sweet war ehrgeizig gewesen als Junge, hatte Doktor oder Richter oder Matrose werden wollen, um dann festzustellen, daß Schwarze besser dran sind, wenn sie es bleibenlassen. Da er keins von den dreien werden konnte, verlegte er sich aufs Angeln als einziger ernsthafter Beschäftigung und aufs Gitarrespielen, das einzige, worin er Meisterschaft anstrebte. Er und seine Frau, Miss Mary, hatten nur einen Sohn, und der war sündhaft faul und warf das Geld zum Fenster hinaus, als wollte er ergründen, was unter allen Geldvorräten der Welt zutage käme, und dabei war da doch nur, wie Mr. Sweet ihm immer wieder erzählte, die leere Innenseite seiner braunen Hand. Doch Miss Mary liebte ihr «Baby» von Herzen und rackerte sich ab, um ihm die «wichtichstn Kleinchkeitn» des Lebens zu verschaffen, die sich zumeist als Frauen entpuppten.

Mr. Sweet war ein großer, eher dünner Mann mit dichtem, krausen Haar, das langsam schlohweiß wurde. Er war dunkelbraun, seine Augen schienen fast blau und schielten stark, und er kaute Brown-Mule-Tabak. Er befand sich immer hart am Rande der Volltrunkenheit, denn er braute seinen Branntwein selbst und war in keiner Hinsicht kleinlich, und er war immer sehr melancholisch und traurig, obwohl er auch oft, wenn es ihm «bestens ging», mit uns im Hof herumtanzte und in der Regel genau dann der Länge lang hinschlug, wenn meine Mutter herbeikam, um zu sehen, was der Tumult sollte.

Zu uns Kindern war er sehr freundlich und behandelte uns mit einer liebenswerten Schüchternheit, wie sie bei Erwachsenen ungewöhnlich ist. Er hatte große Achtung vor meiner Mutter, denn sie nahm ihm seine Trunkenheit niemals übel und ließ uns sogar mit ihm spielen, wenn er im Suff über Tische und Bänke fiel. Obwohl Mr. Sweet gelegentlich völlig oder fast völlig die Kontrolle über seinen Kopf und Hals verlor, so daß er haltlos in seinem Sessel hing, blieb doch sein Denken merkwürdig klar, und seine Sprache war kaum beeinträchtigt. Seine Fähigkeit, gleichzeitig betrunken und nüchtern zu sein, machte ihn zu einem idealen Spielkameraden, denn er war dann so schwach wie wir, und wir konnten ihn beim Ringkampf meistens unterkriegen und gleichzeitig noch eine ziemlich zusammenhängende Unterhaltung mit ihm führen.

Wir merkten nichts von Mr. Sweets Alter, wenn wir mit ihm spielten. Wir mochten seine Runzeln und malten uns selbst welche auf die Stirn, um so zu sein wie er, und sein weißes Haar war mir besonders lieb und teuer, und das wußte er, und er kam niemals zu uns, wenn er es sich gerade beim Barbier hatte scheren lassen. Einmal war er aus irgendeinem Grund herübergekommen, wahrscheinlich, um mit meinem Vater über Düngemittel zu reden; zwar kümmerte er sich nicht im geringsten um seine Felder, wußte aber doch gern, welchen Dünger man am besten benutzte, falls ihm jemals der Sinn danach stünde. Jedenfalls war er ohne sein Haar gekommen, denn er hatte es eben beim Barbier abrasieren lassen. Er trug einen riesigen Strohhut, um sich vor der Sonne zu schützen und auch um seinen Kopf vor mir zu schützen. Doch sobald ich ihn sah, lief ich auf ihn zu und verlangte, daß er mich hochheben und mit seinem komischen Bart küssen sollte, der so stark nach Tabak roch. Ich freute mich so darauf, meine kleinen Finger in sein wolliges Haar zu vergraben, daß ich seinen Hut herunterwarf, und da kam heraus, daß er mit seinem Haar etwas gemacht hatte, daß es nicht mehr da war! Ich stieß einen schrillen Schrei aus, der meine Mutter vermuten ließ, daß Mr. Sweet mich nun doch in den Brunnen habe fallen lassen oder so was, und von dem Tag an waren mir Männer mit Hüten immer verdächtig. Nicht lange danach tauchte Mr. Sweet jedoch mit neugewachsenem Haar wieder auf, und es war genauso weiß und kraus und undurchdringlich wie zuvor.

Mr. Sweet nannte mich oft seine Prinzessin, und ich glaubte ihm. Er gab mir das Gefühl, hübsch zu sein, als ich fünf und sechs war, und eine strahlende Schönheit im betörenden Alter von achteinhalb. Wenn er mit seiner Gitarre in unser Haus kam, unterbrach die ganze Familie, was sie gerade tat, um sich um ihn herumzusetzen und ihm zuzuhören. Er spielte gern «Sweet Georgia Brown» – so nannte er mich manchmal –, und gern spielte er auch «Caldonia» und alle möglichen süßen, traurigen, wunderschönen Lieder, die er sich manchmal selbst ausdachte. Aus einem dieser Lieder erfuhr ich, daß er Miss Mary hatte heiraten müssen, obwohl er eigentlich eine andere liebte (die jetzt in Schika-gou oder De-treu in Michigan wohnte). Er war nicht sicher, daß Joe Lee, ihr «Baby», auch sein Baby war. Manchmal weinte er, und das war ein Vorzeichen dafür, daß er drauf und dran war, wieder einmal zu sterben. Also bereiteten wir uns alle darauf vor, denn ganz bestimmt würden wir geholt werden.

Ich war sieben bei der ersten von Mr. Sweets «Wiedererweckungen», an die ich mich erinnern kann – meine Eltern erzählten mir, daß ich schon früher mit dabeigewesen war, ich war dazu ausersehen, ihn zu küssen und zu kitzeln, schon lange bevor ich das Ritual von Mr. Sweets Wiedererweckung verstand. Er war zu uns gekommen, es war ein paar Jahre nach dem Tod seiner Frau, und er war sehr traurig und bezeichnenderweise auch sehr betrunken. Er setzte sich auf den Boden neben mich und meinen älteren Bruder – die anderen Kinder waren schon erwachsen und wohnten woanders – und begann auf seiner Gitarre zu spielen und zu weinen. Ich hielt seinen wolligen Kopf in meinen Armen und wünschte, ich wäre alt genug, daß ich jene Frau sein könnte, die er so sehr liebte, und daß ich ihm vor all den Jahren nicht versagt geblieben wäre.

Als er aufbrach, riet meine Mutter uns, in dieser Nacht nicht so fest zu schlafen, womöglich müßten wir noch vor Tagesanbruch zu Mr. Sweet hinüber. Und so war es. Denn bald nachdem wir zu Bett gegangen waren, klopfte einer der Nachbarn an unsere Tür, rief meinen Vater und sagte, mit Mr. Sweet gehe es dem Ende zu, und wenn er ihm vor seinem Abscheiden noch ein Wort sagen wolle, müsse er die

Beine unter die Arme nehmen und zu Mr. Sweet hinüberlaufen. Alle Nachbarn wußten, daß man sich an uns zu wenden hatte, wenn mit Mr. Sweet etwas war, aber sie wußten nicht, wie wir es jedesmal schafften, ihn wieder gesund zu machen oder zumindest am Sterben zu hindern, wo er doch so oft dem Tode nahe war. Sobald wir ihn rufen hörten, standen wir auf, mein Bruder und ich und meine Mutter und mein Vater, und zogen uns an. Wir eilten aus dem Haus und die Straße hinunter, denn wir hatten immer Angst, daß wir eines Tages zu spät dran sein könnten und Mr. Sweet des Spiels müde werden würde.

Als wir zu seinem Haus kamen, das eigentlich nur ein armseliger Schuppen war, fanden wir das vordere Zimmer voller Nachbarn und Verwandten, und jemand begrüßte uns an der Tür und sagte, wie traurig es doch sei, daß der alte Mr. Sweet Little (denn Little war sein Familienname, den wir aber fast nie benützten) nun wohl ins Gras beißen müsse. Man riet meinen Eltern, uns nicht in das «Totenzimmer» zu lassen, da wir noch so jung seien, aber wir waren ja so viel besser an das Totenzimmer gewöhnt als der, der das sagte, daß wir gar nicht auf ihn hörten und hineinstürzten, ohne uns um seine Warnungen überhaupt zu kümmern. Ich war den Tränen nahe, denn diese Sterbeszenen wühlten mich fürchterlich auf, und der Gedanke daran, wieviel von mir und meinem Bruder abhing (und er war doch meistens so ein mieser Schauspieler), machte mich ganz aufgeregt.

Der Arzt stand übers Bett gebeugt und richtete sich auf, um uns mindestens zum zehntenmal in der Geschichte meiner Familie mitzuteilen, daß der alte Mr. Sweet Little nun leider Gottes sterben müsse und daß die Kinder am besten nicht das Angesicht des unerbittlichen Todes schauen sollten (ich wußte nicht, was «unerbittlich» bedeutete, aber egal, was es bedeutete, auf Mr. Sweet traf das bestimmt nicht zu!). Mein Vater schob den Arzt ziemlich abrupt aus dem Weg und sagte wie jedesmal, und zwar sehr laut, denn er sagte es zu Mr. Sweet: «Sterben? Kommt nicht in Frage, Mann! Die Kinder hier wollen Mr. Sweet!», was mein Stichwort war, mich auf das Bett zu werfen und Mr. Sweet rings um seinen Schnauzbart und unter die Augen und um den Kragen seines Nachthemds herum zu küssen, wo er so stark nach allem möglichen roch, vor allem nach Brustbalsam.

Ich verstand es sehr gut, ihn wieder zu sich zu bringen, denn sobald ich sah, daß er sich bemühte, die Augen wieder aufzumachen, wußte ich, daß alles gutgehen würde, und konnte so meine Wiedererweckung siegesgewiß zu Ende bringen. Kaum waren seine Augen auf, fing er an zu lächeln, und daran erkannte ich, daß ich tatsächlich gewonnen hatte. Einmal bekam ich allerdings einen gewaltigen Schrecken, denn er konnte die Augen nicht aufmachen, und später erfuhr ich, daß er einen Schlag gehabt hatte und eine Seite seines Gesichts steif geblieben war und sich nur schwer bewegen ließ. Wenn er zu lächeln begann, konnte ich ihn richtig kitzeln, denn dann war ich sicher, daß nichts mehr sein Lachen aufhalten konnte, obwohl er einmal so heftig zu husten begann, daß er mich fast von seinem Bauch warf, aber damals war ich noch sehr klein, kaum mehr als ein Säugling, und mein buschiges Haar war ihm in die Nase geraten.

Wenn wir sicher waren, daß er uns zuhören würde, pflegten wir ihn zu fragen, warum er im Bett läge und wann er uns wieder besuchen käme und ob wir mit seiner Gitarre spielen dürften, die in der Regel an seinem Bett lehnte. Seine Augen wurden dann ganz neblig, und manchmal weinte er laut auf, aber wir ließen uns dadurch nicht in Verlegenheit bringen, denn er wußte, daß wir ihn liebten und daß auch wir manchmal grundlos weinten. Meine Eltern überließen dann uns dreien das Zimmer; Mr. Sweet saß inzwischen schon wieder aufrecht im Bett, mit einer Anzahl von Kissen im Rücken, und ich saß und lag auf seinen Schultern und auf seiner Brust. Selbst wenn ihm das Atmen schwerfiel, bat er mich nie, herunterzuklettern. Er sah mir in die Augen und schüttelte seinen weißen Kopf und fuhr mit seinem rissigen alten Finger an meinem Haaransatz entlang, der ziemlich tief saß, dicht über den Augenbrauen, und manche Leute zu der Bemerkung veranlaßte, ich sähe wie ein Affenbaby aus.

Mein Bruder war bei alledem sehr großzügig, er überließ mir das ganze Wiedererwecken – er hatte es jahrelang getan, bevor ich geboren war, und war froh, es jetzt jemand Neuem übertragen zu können. Während ich mit Mr. Sweet sprach, tat er inzwischen so, als spiele er Gitarre, oder eigentlich, als sei er eine jüngere Ausgabe von Mr. Sweet, und Mr. Sweet freute sich bei dem Gedanken, daß jemand so sein wollte wie er – natürlich war uns das damals nicht bewußt, wir spielten aus dem Stegreif, und was ihm zu gefallen schien, das taten wir. Wir hatten verzweifelte Angst davor, daß er eines Tages einfach von uns gehen und uns verlassen würde.

Es kam uns gar nicht in den Sinn, daß wir etwas Außergewöhnliches taten; wir hatten noch nicht erfahren, daß der Tod endgültig war, wenn er wirklich kam. Wir hielten unsere häufigen Triumphe über den Tod für eine Kleinigkeit und entwickelten sogar so etwas wie Verachtung für die Menschen, die sich so ohne weiteres abrufen ließen. Wir kamen gar nicht darauf, daß wir nichts hätten machen können, wenn unser eigener Vater im Sterben gelegen wäre, und daß Mr. Sweet der einzige Mensch war, über den wir Macht hatten.

Als Mr. Sweet in den Achtzigern war, studierte ich viele Meilen von zu Hause an der Universität. Ich sah ihn jedesmal, wenn ich nach Hause fuhr, aber niemals stand er, soweit ich sah, am Rand des Todes, und ich hatte langsam den Eindruck, daß meine Sorge um seine Gesundheit und sein seelisches Wohl unnötig war. Inzwischen hatte er außer dem Schnauzbart noch einen langen, fließenden, schneeweißen Bart, den ich liebte und stundenlang kämmte und flocht. Er war sehr friedlich, sanft und zerbrechlich, und das einzige Laute an ihm war seine alte Stahlgitarre, auf der er immer noch seinen alten, traurigen, süßen heimatlichen Blues spielte.

An Mr. Sweets neunzigstem Geburtstag war ich gerade dabei, in Massachusetts meinen Doktor zu machen, und hatte mich darauf eingerichtet, mehrere Wochen zum Ausruhen nach Hause zu fahren. An dem Morgen bekam ich ein Telegramm mit der Nachricht, Mr. Sweet liege wieder im Sterben, und ob ich bitte alles stehen- und liegenlassen und nach Hause kommen könne. Natürlich konnte ich das. Meine Doktorarbeit konnte warten, und meine Lehrer würden Verständnis haben, wenn ich ihnen alles nach meiner Rückkehr erklärte. Ich lief zum Telefon, rief am Flughafen an, und vier Stunden später eilte ich die staubige Straße zu Mr. Sweet hinunter.

Das Haus war noch baufälliger als das letzte Mal, als ich dort gewesen war, kaum mehr ein Schuppen, doch war es von gelben Rosen überwachsen, die meine Familie vor vielen Jahren gepflanzt hatte. Die Luft war schwer und süß und sehr friedlich. Ich hatte ein seltsames Gefühl, als ich durch das Tor und die alten wackeligen Stufen hinauf ging. Aber das Gefühl fiel von mir ab, als ich den langen weißen Bart sah, den ich so liebte und der sich auf der wohlbekannten Quiltdecke über dem dünnen Körper ausbreitete. Mr. Sweet!

Seine Augen waren fest geschlossen, und seine über dem Magen gekreuzten Hände waren dünn und zerbrechlich, nicht mehr kratzig. Ich erinnerte mich daran, wie ich früher immer hingelaufen und irgendwo auf ihn gesprungen war; jetzt, wußte ich, würde er mein Gewicht nicht mehr aushalten. Ich sah mich um, sah meine Eltern an und war überrascht, daß auch mein Vater und meine Mutter alt und schwach aussahen. Mein Vater, selbst mit sehr grauem Haar, beugte sich über den ruhig schlafenden alten Mann, der übrigens immer noch nach Wein und Tabak roch, und sagte, wie er es so oft getan hatte: «Sterben? Kommt nicht in Frage, Mann! Meine Tochter ist heimgekommen, um Mr. Sweet zu sehen!» Mein Bruder hatte nicht kommen können, da er im Krieg in Asien war. Ich beugte mich hinunter und streichelte sanft die geschlossenen Augen, und sie begannen sich ganz langsam zu öffnen. Die geschlossenen, weinflekkigen Lippen zuckten ein wenig, dann teilten sie sich zu einem warmen, ein wenig verlegenen Lächeln. Mr. Sweet sah mich und erkannte mich, und seine Augen blickten einen Augenblick lang munter und funkelnd. Ich legte meinen Kopf neben seinen auf das Kissen, und lange Zeit sahen wir einander nur an. Dann begann er, mit einem dünnen, glatten Finger an meinem Haaransatz entlangzufahren. Ich schloß die Augen, als sein Finger über meinem Ohr halt-machte (er pflegte über den Schmutz in meinen Ohren zu frohlocken, als ich klein war) und seine Hand sich um meine Wange schloß. Als ich die Augen öffnete in der Gewiß-heit, ihn rechtzeitig erreicht zu haben, waren seine ge-schlossen.

Wie konnte ich, auch wenn ich schon vierundzwanzig war, glauben, daß ich versagt hatte? Daß Mr. Sweet wirk-lich davongegangen war? Er war niemals vorher davonge-gangen. Aber als ich zu meinen Eltern hinaufblickte, sah ich, daß sie mit den Tränen kämpften. Sie hatten ihn von Herzen geliebt. Er war wie ein kostbares und empfindliches Porzellangefäß, das immer vor dem Hinfallen bewahrt worden war und dann schließlich doch fiel. Ich schaute lange das alte Gesicht an, die runzlige Stirn, die roten Lip-pen, die Hände, die sich immer noch nach mir ausstreckten. Dann spürte ich, wie mir mein Vater etwas Kühles in die Hände schob. Mr. Sweets Gitarre. Monate zuvor hatte er